L'amour des hommes singuliers

Victor Heringer

L'amour des hommes singuliers

roman

Traduit du portugais (Brésil)
par Hélène Melo

DENOËL
& D'AILLEURS

Titre original :
O amor dos homens avulsos

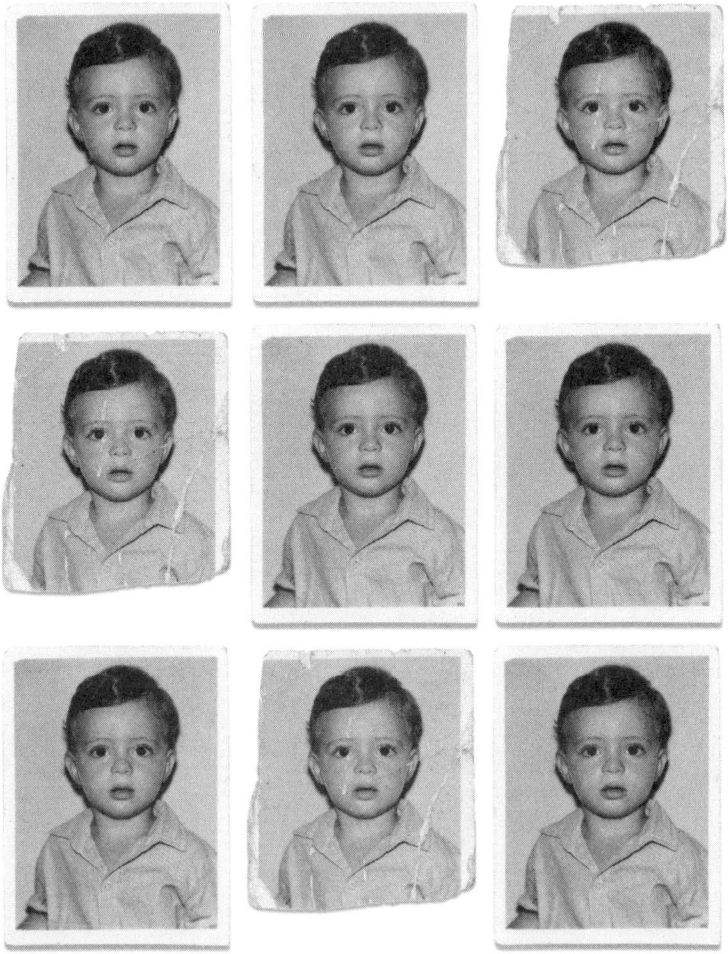

As soon as born the infant cries
For well his spirit knows
A little while, and then he dies
A little while, and down he lies

Kitty Smart, le fou, *Hymns for the Amusement of Children* (1771)

A thousand unborn eyes weep his misery.
Antinous is dead, is dead for ever

Fernando Pessoa

BULLETIN MÉTÉOROLOGIQUE

La température de ce roman est toujours supérieure à 31 °C.
Humidité relative de l'air : jamais inférieure à 59 %.
Vitesse maximale du vent : 6 km/h, dans aucune direction.

La mer est très éloignée de ce livre.

1

Au commencement, notre planète était chaude, jaunâtre, et empestait la bière rance. Le sol était maculé d'une boue brûlante et poisseuse.

Les banlieues de Rio de Janeiro apparurent en premier dans le monde, avant même les volcans et les cachalots, avant l'invasion des Portugais, avant que Getúlio Vargas ne fît construire des logements sociaux. Queím, où je suis né et où j'ai grandi, est l'un de ces quartiers. Niché entre Engenho Novo et Andaraí, il fut bâti à partir de cette argile primordiale, qui se coagula et prit différentes formes : chiens errants, mouches et collines, une gare ferroviaire, amandiers, baraques et maisons, troquets et arsenaux de guerre, merceries et officines de loterie du *jogo do bicho**[1], sans oublier une large bande de terre réservée au cimetière. Mais tout était encore vide : il manquait des gens.

Cela ne tarda guère. Les rues accumulèrent tant de poussière que l'homme n'eut d'autre alternative que de se mettre à exister pour les balayer. En fin de journée, s'asseoir sur son

1. Les termes suivis d'un astérisque sont explicités dans le glossaire, p. 193.

balcon et se plaindre de la pauvreté, dire du mal des autres et regarder les trottoirs tachés de soleil, les autobus qui rentraient du travail et resalissaient tout.

2

J'ai lu dans l'un de mes manuels scolaires qu'à proximité des zones les plus chaudes du monde il existait un peuple qui détestait le soleil. Les hommes l'insultaient à grands cris cinq fois par jour et priaient joyeusement à la nuit tombée. Dès qu'elles apercevaient les premiers rayons, les femmes se couvraient la tête et les yeux de la même toile écrue qu'elles utilisaient pour ensevelir leurs morts et ne se découvraient qu'au crépuscule. À cause du soleil, ces gens étaient noirs et leur continent s'appelait l'Afrique.

Bien que je sois très blanc, presque vert, je suis un descendant de ce peuple. Je déteste le soleil depuis que je suis enfant, et pourtant il m'a léché toute ma vie comme si j'étais un chiot. J'ai fini par tolérer sa présence, il m'est même arrivé de penser que je l'aimais, mais non : je déteste le soleil. Je l'injurie tout bas cinq fois par jour.

Pendant les vacances de 1976, j'avais environ treize ans. L'été n'avait pas encore commencé que déjà je pelais pour la troisième fois. Des lambeaux de tissus morts étaient sur le point de se détacher de mes épaules et de mes bras boursouflés de minuscules cloques. Mon nez se couvrait d'une nouvelle couche de peau carbonisée. Mon cuir chevelu brûlé m'empêchait de me peigner. Mon dos m'empêchait de dormir. Il était déjà presque midi.

Nous avions passé toute la matinée dans la piscine. Sans le haut de son bikini malgré ses mamelons déjà gonflés, Joana, ma petite sœur, plongeait, flottait, gloussait. Ne sachant pas nager, je restais au bord, les pieds dans l'eau et, les cuisses sur le granit bouillant, je regardais le soleil grignoter lentement les ombres sur le sol. Assise sur le balcon du deuxième étage, Maria Aína nous surveillait tandis que Paulina, la bonne, s'occupait du déjeuner ou de la poussière.

D'après mes calculs de gamin, Maria Aína devait avoir environ deux cent soixante-dix-neuf ans. C'était une voisine qui venait s'occuper de nous lorsque maman le lui demandait. (Je ne sais pas si elle était payée.) Née ici même à Queím, elle y est morte et a vécu dans une baraque qui datait du temps où le quartier était une fazenda. Elle n'a jamais quitté Rio – le plus loin qu'elle soit allée, c'est à Jurema, où vivent les âmes des Indiens.

Elle respirait en émettant de longs sifflements de vieil animal et avait assisté à la naissance de tous ceux qui étaient vivants, y compris papa. Maigre, descendante d'esclaves, elle parlait la langue de ses arrière-arrière-grands-parents quand elle ne voulait pas qu'on la comprenne. Il lui suffisait de regarder les fruits verts pour qu'ils mûrissent. Le jour de la fête de saint Côme et saint Damien, elle préparait des pâtes de fruits à la citrouille et nous en apportait d'encore chaudes. Je me rappelle leur saveur, la fine croûte croquante se brisait, la crème granuleuse et pulpeuse coulait à l'intérieur. Nous étions les premiers à en manger, après les *erês**, à qui elle laissait un bol plein au milieu de la forêt. Les pâtes de fruits flétrissaient et disparaissaient. C'est ainsi que se nourrissent les esprits.

Maria Aína m'aimait bien parce que comme elle j'étais né avec le cordon ombilical autour du cou. « Les gens qui naissent ainsi passent leur vie sous la menace, *ossí** Camilo », elle m'a dit des années plus tard, peu avant de mourir.

3

Joana a nagé jusqu'au bord et m'a aspergé les cuisses pour apaiser mes brûlures. Elle est sortie de la piscine et m'a protégé avec un parasol. Je me souviens parfaitement de son expression quand elle s'occupait de moi : un sourire timide, pincé en raison de l'absence de quelques dents, les sourcils tristes et solennels, parce que je ne pouvais pas marcher aussi bien qu'elle. J'ai une patte folle. Paraparésie du membre inférieur gauche. Infirme, mais pas trop. À l'âge de cinq ans, je boitais déjà ; à huit ans, je me déplaçais avec des béquilles.

Pendant les vacances, je les remisais et j'utilisais un bâton en bois de goyavier presque aussi grand que moi et recourbé au bout. Je me sentais alors sauvage, vagabond ou chamane, un garçon normal. (La plupart du temps, je devais le tenir à deux mains.) Ce morceau de bois me sert aujourd'hui de canne, j'ai vieilli en m'appuyant dessus. Il appartenait à un parent de Maria Aína, c'est elle qui me l'a donné. J'ignore qui l'a fabriqué, mais c'est l'un des objets que j'affectionne le plus. Les jours où je suis d'humeur sentimentale, j'arrive à sentir l'âme de tout ce qui est fait de ce bois.

Je n'ai jamais pu manger de goyaves.

Joana a replongé dans l'eau. Elle a nagé mollement

pendant quelques instants puis est revenue vers moi. Elle m'a souri, en me montrant les trous entre ses quenottes.

Je connaissais ce sourire. Ma sœur voulait me dire quelque chose. Elle avait terriblement honte de sa bouche édentée, mais elle souriait chaque fois qu'elle voulait révéler ou apprendre des secrets. Elle souriait pour montrer que sa bouche ne cachait aucun mystère, que sa langue ne ferait de mal à personne. C'était une fillette ouverte. (Lorsque maman est morte, au début des années 00, Joana m'a souri jusqu'aux oreilles avant de m'annoncer la nouvelle.)

« Maman a pas arrosé les plantes. Aujourd'hui encore elle l'a pas fait », elle m'a dit avec un air de détective. Pour le prouver, elle est sortie de la piscine, s'est dirigée en sautillant vers le jardinet et est revenue avec des feuilles de fougère. J'en ai pincé une, qui s'est effritée entre mes doigts. Le soleil avait brûlé le jardin de maman. Cela devait faire des semaines qu'elle ne l'arrosait plus.

Joana m'a demandé quelque chose avec les sourcils. Je lui ai répondu avec une bouche de poisson. Elle a soupiré en imitant les adultes, mains sur les hanches, les yeux au ciel. Elle en savait beaucoup plus que moi et pourtant elle ne savait rien du tout.

De mon côté, je n'avais qu'une crainte : si elles commençaient à se dessécher, les plantes allaient vite jaunir. Si elles jaunissaient, cela signifiait que l'automne était arrivé en avance et que l'été était fini. Or, sans été, pas de grandes vacances. Nous allions devoir retourner à l'école.

Nous n'avions aucune idée de la crise qui secouait nos parents depuis des mois. Nous ne savions même pas qui gouvernait le pays. Nous vivions sous l'étrange dictature de l'enfance : nous regardions sans voir, écoutions sans comprendre, parlions et n'étions pas pris au sérieux. Et pourtant nous avons été heureux sous le régime. Telle une burqa sans ouverture pour les yeux, le voile de nos petites existences nous protégeait intégralement.

Ce jour-là, il s'est déchiré pour la première fois. Le vrombissement de la voiture de papa est parvenu à nos oreilles. La lumière allait envahir notre cachette. *Vroum*, sa Ford Corcel arrivait après avoir tourné au coin de la rue. Elle s'est arrêtée devant la porte en fer et a rugi de nouveau, *vroooooo*, pour qu'on la laisse entrer. Personne n'a ouvert. Maman est sortie sur le balcon, a échangé quelques mots avec Maria Aína, fait mine de rester avant de rentrer. Papa, qui poussait le portail en fer, ne l'a pas vue. Il s'est garé face à la piscine, coup de klaxon, et le soleil a frappé la carrosserie jaune bile de la Ford Corcel, pile sous nos yeux.

4

Maria Aína s'est levée lentement, indolente, la carcasse épuisée, et a jeté un coup d'œil d'en haut. Joana m'a apporté mon bâton et m'a aidé à me relever, son sourire édenté se demandant ce que papa nous avait rapporté, car il rentrait toujours de voyage avec des cadeaux. Il est descendu de la voiture, a claqué la portière, soufflé en ajustant son pantalon. Il faisait chaud. La Ford Corcel a ronronné, moteur éteint, asthmatique, avant de s'endormir pour de bon. Ma sœur a alors poussé un petit cri et s'est enveloppée précipitamment dans sa serviette.

C'est seulement à ce moment-là que j'ai vu sa tête encadrée dans la vitre arrière. La tête rasée d'un garçon à peu près de mon âge.

Sauf que moi j'avais des cheveux et je n'étais pas de cette couleur café au lait. J'étais rouge en été et blanc verdâtre en hiver. Sa tête à lui devait avoir cette même couleur mélangée toute l'année, couleur de rien au lait dilué. Il avait l'air costaud, j'étais plus maigrichon, plus cassant, boiteux. Ses yeux par contre étaient fragiles, comme le cou d'un oisillon ou d'un chiot se découvrant coincé dans une souricière.

D'instinct, j'ai eu envie de le détester. De lui crever les yeux, de le faire disparaître de la surface de la Terre. Allez savoir pourquoi. La haine n'a ni motif ni finalité. L'amour a une finalité, la haine non. L'amour sert à perpétuer l'espèce humaine, il nous protège de la stérilité et des solitudes les plus fatales. La haine est plus grande, elle a plus de tentacules et parle avec plus de bouches que l'amour. L'amour a une fonction physiologique, la haine est une faim sublime et furieuse. C'est pour cette raison que nous sommes l'espèce dominante sur Terre. La haine est la perpétration de notre espèce.

J'ai détesté la voix de papa qui lui disait « Allez, viens, descends », et j'ai détesté la lenteur avec laquelle le garçon s'est faufilé par la portière entrouverte, et j'ai détesté son prénom – « Voici Cosme », a dit papa –, et j'ai détesté la chemise bleu layette qu'il portait (achetée par papa, à tous les coups), et j'ai détesté sa façon maladroite de trotter jusqu'aux ailes de *mon* père, qui l'a protégé de sa grande main. Je l'ai haï d'une haine ancestrale, dans une langue que seule Maria Aína devait connaître et que je n'ai jamais déchiffrée.

La serviette enroulée sur ses petits seins nus, ma sœur s'est approchée du garçon avec dépit et arrogance, lui a lancé un regard en pleine figure, accompagné d'un salut soupçonneux. Il l'a saluée en retour, le menton collé à la poitrine, et j'ai détesté sa voix apeurée. Elle lui a dit qu'elle s'appelait Joana et lui a tendu la main. Il l'a prise, en se penchant comme un gentleman. Papa a hahari, de vrais petits adultes, et m'a regardé, des larmes d'hilarité au coin de l'œil. Je me suis alors rendu compte que j'étais en slip de bain, vulnérable, presque nu, appuyé sur ma béquille en bois de goyavier tel un horrible lémurien.

J'ai dû avoir honte, car j'ai cru entendre la voix de maman m'appeler de l'intérieur. Un appel ordinaire, comme si elle voulait me faire essayer un nouveau pyjama ou avaler le sirop à la cerise, que je trouvais bon et buvais sans faire d'histoires. Quoique imaginaire, son appel était un aimant irrésistible, beaucoup plus puissant que la terreur que m'inspirait la voix de papa, une terreur pourtant immense, plus grande qu'une montagne. Il fallait que j'y aille. Je me suis excusé, sans regarder le nouveau Cosme, et suis parti en clopinant vers notre grande maison. Papa n'a pas essayé de me retenir. Un garçon est toujours plus proche de sa mère.

« Dis-lui que nous sommes arrivés. »

Je me suis retourné et j'ai mis mes mains en visière pour me protéger du maudit soleil. J'ai alors demandé si c'était notre nouveau petit frère. J'ai posé la question pour blesser. Tous les visages se sont tournés vers mon père.

Il a fait mine de commencer à expliquer, mais finalement il n'a rien expliqué du tout. « Oui, enfin non… » Cosme s'est accroché à ces mots. Sa bouche est restée entrouverte, comme s'il voyait pour la première fois un hanneton irisé.

5

Rue Enone Queirós, 47, anciennement avenue Suaçu. L'adresse de la maison de mon enfance. Deux étages, quatre chambres, une suite parentale, six salles de bains. Salon, salle à manger, balcons, dépendances pour la bonne. Un grand jardin, une piscine. Un avocatier, un palmier (le palmier était à moi, l'avocatier à Joana), différentes espèces d'arbustes, une haie, des bestioles indésirables, beaucoup d'insectes, parfois un opossum. Des voisins qui se connaissaient, pas de favelas à proximité. Commerces en tout genre, arrêt de bus devant la porte.

Elle se situe aujourd'hui à deux cents mètres de l'un des plus grands centres commerciaux de la zone nord de Rio, et à quatre cents environ de l'appartement où je vis (2 chb, 1 suite). Après m'être absenté plus de trente ans, je suis de retour à Queím. Je veux mourir où je suis né. On a tous envie de symétrie.

Le quartier a été presque entièrement démoli. De vraiment ancien dans la rue Enone, il ne reste, parce qu'elle a été classée patrimoine historique, que la façade de la *senzala**, l'habitation des esclaves à l'époque de la fazenda. Et rien que la façade : à l'intérieur ils ont fait un parking. Un peu partout, des immeubles en verre ont été construits à la place des maisonnettes décaties. Les rues ont été asphaltées et la compagnie d'électricité a déblayé les poteaux au coin des rues. Tout a rétréci.

Cette ville souffre d'une fièvre qui de temps à autre provoque des délires de Belle Époque. *On casse tout et on reconstruit!* C'est le parasite de la modernisation, la malaria de Miami, qui a succédé à celle de Paris. Lors de leur dernière crise de folie, ils ont arraché une montagne du paysage pour enterrer un bout de mer, ils ont tout aseptisé. La prochaine fois, je suis sûr qu'ils aseptiseront définitivement les habitants de Rio.

Bref.

La maison où j'ai grandi appartient à présent au propriétaire d'un célèbre magasin de matériaux de construction. Elle a pris beaucoup de valeur. Si Joana et moi ne l'avions pas vendue à la mort de maman, je serais aujourd'hui dans une bien meilleure situation. Mais ce qui est fait est fait, la famille des propriétaires de la fazenda Queím qui a donné son nom au quartier doit se dire la même chose : ah, si nous n'avions pas tout découpé en lots et vendu à cette racaille !

6

Maman a passé le reste de la journée enfermée dans sa chambre. Selon la version officielle, elle avait besoin de se reposer, nous devions la laisser tranquille : maux de tête, vertiges, effets de la chaleur. Pendant ce temps, papa aménageait tant bien que mal la chambre de bonne (Paulina ne dormait pas à la maison) : petit matelas, draps, eau, « Voyons, quoi d'autre ? », des vêtements de papa enfant (dans lesquels je ne serais jamais entré), des numéros du *Journal de Mickey*. Cosme le suivait partout, ébahi, disant oui à tout, tandis que Joana, hyperbare et serviable, ne les lâchait pas d'une semelle. Moi je les épiais de loin, assis sur le rocking-chair du salon, mon bâton fermement appuyé par terre pour prendre de l'élan. Je sentais s'épaissir mes sourcils ; c'était ainsi que j'imaginais la colère sur le visage des gens.

La nuit est vite tombée. Quand Cosme est entré dans sa chambre et s'est enfermé pour dormir, tout le monde l'a imité. Paulina est partie plus tôt, Maria Aína s'est éclipsée elle aussi. Les chiens de la rue ont cessé de hurler. Il n'y avait pas un souffle de vent.

L'aube étouffante s'est infiltrée par les interstices des fenêtres et des portes. Le silence des grillons s'est imposé, bien décidé à capituler uniquement lorsque le soleil reprendrait le pouvoir, mais les voix de maman et papa ont retenti et ont pris le dessus. Les murs mâchonnaient leurs mots la bouche fermée, mais je savais que c'étaient des sons de colère et que leurs rires n'avaient rien de drôle. Ils se disputaient.

De temps à autre, de longues pauses de paix et, après le cessez-le-feu, le bourdhainement reprenait de plus belle. J'aurais tant voulu m'approcher et écouter, seulement mes pas traînants et le *tac-tac* de mon bâton m'auraient trahi. Je suis resté dans ma chambre. Murmures étouffés. Soudain, une note bien audible : une porte qui claque! Une autre : un cri exutoire projeté dans l'air avant de retomber sans réponse dans le silence. Les grillons.

Au milieu de ce vacarme en sourdine, Cosmim s'est enfui. Il a ouvert une porte, sauté par la fenêtre, peu importe : la maison dormait sans être fermée à clé. Ne sachant où aller, il a couru, ses muscles de chat de gouttière bandés au maximum. Il s'est cogné contre les lampadaires, a trébuché sur les pavés, sué. Au bout d'une demi-heure, toutes les rues se sont confondues et il s'est faufilé dans un grand bâtiment oblong aux portes et fenêtres éventrées. À l'intérieur, il n'y avait rien, juste des broussailles sans toit.

Le ciel commençait à devenir lilas.

Le soleil nous a pris par surprise. Papa s'est réveillé tôt pour apporter un verre de lait à Cosme, il ne l'a retrouvé qu'une heure plus tard.

Il s'était caché dans l'ancienne *senzala*, dont il ne restait déjà à l'époque que la façade. Les Noirs du quartier, dont beaucoup étaient descendants des esclaves de la fazenda, en avaient, on le comprend, une terreur répulsive. Ils ne s'y rendaient qu'accompagnés de Maria Aína pour parler et danser avec les saints noirs. Les catholiques, elles, n'y mettaient pas les pieds. Aujourd'hui, la façade subsiste, mais le terrain a été transformé en parking et tout le monde est évangélique. S'il y a encore des saints là-dedans, ils doivent avoir les poumons dans un sale état.

Pauvre idiot, Cosme, gros bêta. Je l'imagine parfaitement : un mètre et quelque, quarante kilos de chair métisse suant et grelottant dans la *senzala* en friche, certain qu'on ne le retrouverait jamais. C'est le premier endroit où, instinctivement, mon père est allé le chercher.

7

Cosme n'a plus essayé de s'enfuir. Il a passé les jours suivants assis dans sa chambrette, à bouder et à geindre. Il sortait lorsqu'on l'avait appelé deux, trois, cinq fois. Il n'ouvrait pas la bouche. Quand nous lui apportions ses repas, il gardait ses distances, traînait les assiettes sur le plancher de sa chambre, mangeait avec les doigts et crachait, affichant l'insolence ancestrale des gamins punis. Les jours où maman n'était pas à la maison, il s'asseyait à table avec nous (papa y tenait), mais refusait de manger.

Maman s'est beaucoup absentée pendant ces vacances-là. C'est l'année où ma grand-mère maternelle est morte, solitaire et malséante. Elle vivait du côté de Campos. Maman avait de vieilles rancœurs contre elle et pas de frères et sœurs ; elle a donc dû s'occuper seule de sa maladie et de la cérémonie des obsèques, qui heureusement ont été brèves l'une et l'autre. Papa était médecin et partait souvent en urgence quand il était d'astreinte. Il n'était donc pas rare que nous

nous retrouvions seuls avec Paulina. Parfois, Maria Aína venait l'aider à préparer le déjeuner ou à nous surveiller.

Je n'avais pas le droit d'aller jouer dans la rue. Un garçon infirme n'aurait pas fait long feu parmi les gosses de Queím. Joana ne pouvait pas sortir parce que c'était une fille. Nous lisions, dessinions, la télé n'était pas aussi intéressante que maintenant.

À l'époque, je n'étais pas encore l'hyène que je suis aujourd'hui. J'avais le monde entier à vivre avant qu'il ne disparaisse. J'adorais Jules Verne, Henry Rider Haggard, les tours du monde et *L'Île au trésor*. Je me demandais en rêvant à quoi ressemblait la route pour le Minas Gerais (y avait-il de l'or ? y avait-il toujours des esclaves, des bœufs qui pensent, des arbres avec des esprits, des rois-salomon ?) et projetais de devenir Dieu pour créer une planète. Comment inventait-on l'odeur du café ? Les couleurs de peau ? Différentes civilisations ?

Je nourrissais un certain amour pour les hommes.

Aujourd'hui, je trouve ça complètement idiot.

8

Je n'ai jamais rien vu de plus sinistre que Maria Aína préparant de la langue de bœuf. Un jour, peu avant l'heure du déjeuner, une odeur aigre-tiède m'a attiré dans la cuisine. Notre vieille voisine était là, la moustache en sueur (sa lèvre supérieure était piquée de poils blancs et épais). La cocotte-minute crachait, *tchac-tchac*, *tchac-tchac*. Elle montrait à Paulina comment peler la viande, en en retirant d'abord la couenne. Il faut bien la faire bouillir et couper à la racine, mais elle ne s'enlève pas facilement. « Tu dois tirer fort », lui disait-elle tandis que ses petits doigts noduleux s'enfonçaient dedans. Des lambeaux de peau restaient collés sur le dos de ses mains mouillées.

J'ai imaginé ses doigts arrachant un petit bout de peau brûlée de mon épaule, le petit bout devenant un lambeau puis une bande qui descendait sur toute la longueur de mon dos, faisant jaillir des milliers de gouttelettes de sang. J'ai imaginé le rire obscur de Paulina. Un frisson m'a secoué si fort que j'ai failli glisser et tomber.

Maria Aína s'est tournée vers moi et a souri. Elle a dû remarquer mon air dégoûté, car elle m'a dit : « Tu veux savoir, *ossí* Camilo, ce que c'est que cette odeur ? Ce sont tous les mots que le bœuf ne sait pas dire. » Paulina a ri. (Ses ongles étaient très longs et avaient la couleur bordeaux des membranes de cafard.) Elle était enceinte et ne le savait sans doute pas encore.

C'est ce jour-là que c'est arrivé. Après avoir servi le repas, Paulina nous a appelés et Cosme est sorti tout seul de sa chambre, douché de frais, une chemise blanche boutonnée jusque sous le menton. Il s'est assis avec nous, très poli, et a mangé la langue de bœuf et les pommes de terre que Maria Aína avait préparées, et la vieille femme souriait et hochait la tête en murmurant : « *Dejú**, Cosmim, *dejú*... » Et lui il répondait – et puis il posait plein de questions, de quel club on était, s'il y avait des frites, si patati et patata, avec des tas de mercis et de s'il te plaît.

Je n'ai pas apprécié mon déjeuner. Je n'ai même pas touché à la viande. Une terreur me nouait l'estomac. Je soupçonnais que la langue bouillie du bœuf était liée à la langue affilée de Cosme.

9

Je me rappelle encore l'odeur de Maria Aína, l'arôme de la crème brunâtre qu'elle se mettait dans les cheveux. Paulina aussi. Je me souviens du cuir noir de leurs pieds (qui semblait bien plus épais que ma peau). Lorsque la tendresse qu'il m'arrive d'éprouver pour ces deux femmes se gonfle un peu, je ressens un pincement douloureux. Il me semble qu'elles sont enterrées ici, à Queím. Mus par l'ambition, leurs enfants sont probablement éparpillés dans tout le pays. Impossible de savoir où ils se sont installés, personne ne connaît la destinée de tant de gens. Ils ont dû devenir horticulteurs, preneurs de paris pour le *jogo do bicho*, piliers de bistro ; s'ils ont eu de la chance, automaticiens.

Le cimetière du quartier se trouve dans un ravin qui se remplissait de brume les matins froids. Aujourd'hui il n'y a plus de matin froid même dans les banlieues. D'après ce qu'on raconte, la planète finira dans la sueur et les inondations. Si c'est vrai, c'est à Queím que la fin du monde a commencé, et ce depuis belle lurette. Chaque été, ici, il y a des pluies diluviennes, des glissements de terrain, des pénuries d'eau et des coupures de courant. Mon père racontait qu'au cours des hivers de son enfance l'eau gelait dans les robinets le matin. Et qu'on pouvait se baigner dans le rio Carioca.

Pour moi, la fin du monde n'est pas un problème. Je vais bientôt épaissir le bouillon des morts. Je suis jeune, j'ai la cinquantaine, mais un demi-siècle, c'est plus qu'il n'en faut. Cosmim est mort à l'âge de seize (quinze ?) ans, j'ai le triple de son âge ; ça me suffit.

Vous voyez quand vous avez la grippe, quand votre gorge est en feu ? Quand vous avez de la fièvre et n'arrêtez pas de vous moucher et que vous avez le blues et que les médicaments sans ordonnance de la pharmacie ne fonctionnent pas ? Quand vous vous demandez si ce n'est pas davantage qu'un rhume ou une virose, mais quelque chose de plus grave ? Imaginez vivre toute votre vie comme ça, toujours deux ou trois crans au-dessous des gens en bonne santé, à craindre toujours le pire. Le pire, dans mon cas, est bien pire que dans le vôtre. Deux ou trois crans au-dessous.

Et, dans votre cas, bien sûr, les choses finissent tôt ou tard par rentrer dans l'ordre. Encore quelques jours de repos, quelques cachets d'antibiotique.

Je me suis souvent dit que j'étais venu au monde non pas pour y être, mais pour avoir été, avoir existé, avoir fait. Je suis né posthume. J'étais un mort-né dans les bras de maman, pendu à mon cordon ombilical, tout violet, violacé ; le médecin m'a ranimé en me faisant du bouche-à-bouche. Mon premier baiser. Il s'en est fallu de peu pour que je m'épargne la gêne d'être né. Depuis lors, c'est l'obstination du sang qui m'a maintenu en vie.

(D'ailleurs, si notre espèce dépendait de la bonne volonté de ses membres pour continuer à vivre, elle serait fort mal en point.)

Malgré les désastres, j'ai vécu quelques bons moments. S'il ne s'est pas amélioré au fil des années, l'état de ma jambe n'a pas empiré au point de me rendre paralytique, et j'ai appris à marcher avec une seule béquille, aujourd'hui une canne. J'ai eu des rhumes, des douleurs aux os, des aphtes, des aigreurs d'estomac, des gastrites, des mycoses. Je n'ai toujours pas besoin de lunettes. Normal. J'ai suivi des cours par correspondance et j'ai acheté des livres, j'ai lu beaucoup de romans et d'essais, mais je me suis arrêté après le lycée. J'ai exercé pas mal d'emplois, massicoteur, correcteur de presse. J'ai toujours aimé dessiner, sans pour autant en faire mon métier. J'ai tenté ma chance à São Paulo, je suis revenu à Rio. À mon apogée, j'ai tenu une boutique d'antiquités dans la fameuse galerie marchande Cartago, à Copacabana. J'ai revendu le fonds de commerce et je suis allé m'installer à Mesquita, où j'ai vécu jusqu'à la mort de ma mère. Avec l'argent de mon héritage, j'ai acheté cet appartement et un autre à Cachambi, que je loue (1 150 R$ par mois + copro et charges ; le locataire est un employé de banque). Personne ne vient me rendre visite.

Ma sœur a trois enfants (deux filles) qui savent à peine que j'existe.

Elle travaille en tant que journaliste pour un magazine et gagne bien sa vie, mais n'a jamais voulu raconter notre histoire. Elle a mieux à faire.

Joana est devenue l'une de ces grandes blondes très minces qui ont l'air d'avoir du ventre parce qu'elles se tiennent courbées. Ses enfants ont désenflé sa poitrine d'adolescente et gonflé ses poches sous les yeux. La dernière fois que je l'ai vue, il y a environ deux ans, on aurait dit qu'elle avait dormi dans une baignoire d'eau de Javel. Elle est vieille de cette vieillesse humide et flasque des gens qui ont excessivement aimé avoir été jeunes.

10

« T'as quel âge ? » Joana en train de faire le cochon pendu sur une branche de l'avocatier, sur lequel Cosme essayait de grimper sans y arriver.

« Quinze ans. Quatorze… ? »

Moi, infirme répugnant, coincé au pied de l'arbre.

« Comment ça, tu sais pas ? Ta mère te l'a pas dit ?

— Ma mère, j'la connais pas. »

Joana a souri, élastique.

« Et ton père ? »

J'ai essayé de me relever seul, en m'adossant au tronc et avec l'aide de mon bâton-levier. Je n'y suis pas arrivé. Cosme m'a soulevé d'un seul coup, sans me regarder, comme s'il l'avait toujours fait. J'ai cru un instant que ma peau desséchée par le soleil s'était entièrement détachée de ma chair. C'était la première fois que nous nous touchions.

« Mon père, j'le connais pas non plus. »

Jusqu'au jour où papa est allé le chercher, Cosme habitait chez une vieille femme blanche dans une petite maison mitoyenne à Barbacena (d'où son accent de Minas Gerais). C'est ce qu'il nous a raconté. Du plus loin qu'il se souvienne, c'était elle qui s'occupait de lui ; son nom était Dora, Maria Doralina Trazim de Souza, mais il l'a toujours appelée « grand-mère » et tout le voisinage faisait de même. Elle lui disait qu'il avait été abandonné tout bébé sur les marches de l'église de la Bonne-Mort, et qu'après être passé de mains solidaires en mains solidaires il avait atterri dans les siennes, les seules qui n'aient plus voulu le lâcher. Elle ne savait pas qui étaient ses parents. Quand il n'était pas sage, elle le menaçait de le renvoyer chez les curés.

L'unique indice qu'ils avaient laissé était une photographie, glissée dans l'ourlet de son petit plaid de bébé : trente personnes posant sur l'épave d'un avion écrasé. L'image m'a impressionné, on aurait dit que le poids des gens avait broyé le bimoteur, qui gisait le nez enfoui, une foule massée sur ses ailes et son échine. J'ignore ce qu'il est advenu de cette photo. Cosmim ne nous l'a montrée qu'une seule fois. Il avait dû la découper dans une revue pour inventer quelque chose, et moi j'y avais cru.

Le fait est qu'un jour mon père a frappé à la porte de la petite maison mitoyenne, a pris un café avec mamie Dora, tapoté affectueusement l'épaule de Cosme et l'a amené à Queím. Il n'en est plus reparti.

11

Je n'ai qu'un seul ami, c'est Grumá, mon voisin de palier. José Grumari dos Santos, encore un qui a fait un peu de tout et rien dans la vie. Supporter du Vasco, tête de matelot. Cou épais, mâchoire hippopotame, trapu et bourru. Visage ridé par le soleil, queue-de-cheval d'habitué de la plage à la retraite. Son appartement sent le pop-corn sucré industriel, qui n'est ni vraiment du pop-corn ni vraiment sucré. Il a environ cinq ans de plus que moi. Il dit qu'il est né à Ipanema et a grandi à Madureira.

Dans la ferme de sa sœur, il arrive qu'un cochon meure accidentellement. Il tombe dans la piscine vide et doit être sacrifié, devenant tranches de lard, escalopes, côtelettes, avant de finir dans la cuisine de Grumá. Il m'invite alors pour l'aider à en venir à bout. Citron à la braise, bière, cachaça et rillons. Le lendemain, j'ai les intestins en feu, ils n'ont jamais supporté la viande de porc. Mais ce sont les seules occasions de voir mon voisin, quand un cochon meurt accidentellement à Nova Iguaçu.

Un jour, il m'a raconté une histoire d'accident d'avion que j'avais déjà entendue dans mon enfance. Dans les années 40, un aéroplane s'est écrasé du côté de Pilares. À bord se trouvait une baronne (tantôt italienne, tantôt espagnole et tantôt comtesse) avec ses filles et tout l'or de la famille. Elle fuyait au Brésil pour échapper à la guerre en Europe. Le vent soufflait fort cette nuit-là, le petit avion venait tout dégingandant de Santos, où avait accosté leur bateau dont le nom varie chaque fois que l'histoire est racontée. Les rares habitants du coin ont entendu la détonation et aperçu l'éclair jaune. Quelqu'un a fini par aller voir de plus près. L'avionnette avait la panse ouverte, tout l'or s'en échappait, les cadavres exsangues et carbonisés des dames par-dessus dans une ultime tentative de le protéger.

Hommes et femmes ont passé l'aube à piller la fortune. Des pièces de monnaie et de l'argenterie et des bijoux souillés de sang ont été emportés puis enterrés dans toute la région, y compris ici, à Queím. Enterrés car inutilisables. De l'or maudit. « Qui pourrait manger du riz aux haricots acheté avec de l'or ensanglanté ? » m'a demandé Grumá en mâchant son riz et sa farine de manioc. « Personne. C'est pourquoi tout est enfoui dans la terre et personne ne sait où.

— Mais alors pourquoi avoir pris cet or ?

— Qui ne l'aurait pas fait ? »

Les corps ont été enterrés dans les collines, et, d'après ce qu'on raconte, l'avion aussi. Les nuits de grand vent, lorsque des lueurs jaunâtres jaillissent dans les montagnes, Grumá dit que ce sont les dames de l'or qui reviennent chercher ce qu'on leur a dérobé.

12

La chaîne éducative diffuse un documentaire sur les changements climatiques. Un tsunami dans un coin perdu de l'Asie. « … des villes côtières comme New York, Canton et Rio de Janeiro devront faire face à des dommages estimés à trois milliards de dollars… »

Un peu plus tôt, aux infos, ils ont raconté un fait divers : deux employés d'un snack-bar se sont mortellement poignardés dans un terrain vague de Guadalupe. Les vautours ont indiqué aux proches où se trouvaient les corps. La police n'est arrivée qu'après les journalistes.

La loi s'arrête à la passerelle six de l'avenue Brasil, la porte d'entrée des banlieues. La corruption aussi. C'est ainsi qu'est l'homme pur, un animal assez malin pour inventer le couteau et en tirer la conclusion la plus évidente : l'assassinat. Les corrompus sont ceux qui ont rédigé les codes, car ils ont inventé le crime. Dès lors, c'est toujours la même rengaine : enregistrements, archivages, tamponnages, homologations, immeubles de bureaux, contrats de prévoyance, manuels de bonne conduite au travail, Kafka, embouteillages sur l'avenue Rio Branco, départements des ressources humaines. Ils ont inventé toutes sortes de castrations pour réprimer nos faims de charogne. Aujourd'hui, un vautour est plus homme que l'homme lui-même – citoyen, employé, eunuque.

Et cet état perpétuel de gueule de bois morale.

(Cela dit, qui a envie de vivre en étant affamé ?) (Un immeuble de bureaux a au moins le mérite de nous protéger des intempéries.) (Une histoire d'amour tiède peut paraître réconfortante.) (Croire aux petites attentions.)

13

Ils couraient, j'entendais les échos qui serpentaient dans la maison. Les éclats de rire stridents et les petites tongs de Joana. Les pas plus lourds et espacés de Cosme.

J'essayais d'imaginer ce qu'il pouvait y avoir sous sa peau métisse, les tendons locomoteurs, la vapeur vive, le sang qui pulsait, les yeux rivés sur sa cible, la mâchoire crispée par la concentration, la tête joueuse, mais le corps vraiment prédateur. Aux angles, il appuyait la paume sur le mur pour s'équilibrer et prendre de l'élan. Il avait des mains énormes.

Ils arrivaient en trombe tous les deux, Joana pourchassée, Cosme lui donnant l'avantage, parce qu'il n'aurait pas su quoi faire s'il l'avait rattrapée : des chatouilles, un câlin, un croche-patte, une morsure ? Ils passaient devant moi et disparaissaient.

Papa était à la maison avec nous. C'était le jour où ma grand-mère maternelle est morte, mais nous ne l'apprendrions qu'une semaine plus tard, au retour de maman. Je ne me souviens pas d'avoir été triste. Je ne la connaissais pas.

Soudain, tout est devenu silencieux. Joana s'approche d'un côté, lentement, les yeux levés vers le plafond. Cosmim arrive de l'autre, trébuche mais se relève vite, aussi dégingandé qu'un faon qui vient de naître. « Qu'est-ce qu'il se passe ? » j'ai demandé, et lui « Rien », et il a répété rien, et il a répété rien alors que je ne lui avais pas reposé la question.

Ils se sont cachés jusqu'au soir. Le soir est devenu matin et, peu avant le déjeuner du lendemain, ils sont venus me voir, la panique bien dissimulée sur le visage. J'étais assis au bord de la piscine, à l'ombre.

« Regarde », m'a dit Joana, et Cosmim a sorti de sa poche des dizaines de tessons dorés qui ont étincelé douloureusement devant mes yeux comme s'il avait dans les mains un tas de petits soleils. Il avait l'air résigné.

C'était l'un des bibelots de maman, un œuf doré constellé de minuscules pierres orange. Elle collectionnait de faux œufs de Fabergé, qu'elle exposait dans une pièce exiguë sans fenêtres au fond de la maison. Ils remplissaient plusieurs tables et étagères. Les lumières éteintes, la pénombre était griffée de stries d'un jaune mat.

J'ai toujours détesté cette pièce. À la mort de maman, j'ai presque tout jeté. J'ai gardé deux ou trois petits œufs.

Joana : « Ils vont le renvoyer chez les curés ! »

Un silence s'est installé et a résonné au fond de mon crâne. J'ai eu le vertige. Mes poumons ont soudain suffoqué âcrement. Je voulais qu'il parte, mais voulais qu'il reste. Je ne voulais pas renoncer à ma colère, mais je commençais à m'attacher. La peur, enfant rusée de la haine, m'a rapidement donné une idée :

« Va enterrer tout ça là-bas », j'ai dit, et Cosmim, terrifié, a refermé les mains. « Va tout enterrer et n'y pense plus. Personne ne s'en rendra compte. »

14

La mort de ma grand-mère a été une épreuve pour maman. Je ne sais pas si c'est le fait de s'être occupée des funérailles solitaires ou d'avoir imaginé les asticots à l'œuvre, mais elle est revenue changée de Campos. Le taxi – je m'en souviens encore : une Volkswagen 1600 beige et noir, un modèle rappelant un corbillard – s'est garé devant le portail de la maison, où attendait toute la famille, y compris Cosmim.

Elle est descendue de la voiture et lui a dit bonjour. Papa et Joana en sont restés abasourdis. Jamais jusqu'alors elle ne l'avait regardé en face.

Non qu'elle ait été particulièrement affectueuse, elle ne l'a pas pris dans ses bras ni ne s'est approchée de lui, mais ce bonjour a mis le feu à ma colère, qui a fait fondre mes yeux; j'ai alors cessé de voir. Je me suis retrouvé par terre, le coude écorché et mon bâton roulant au loin après avoir touché le visage de Cosme. Une bulle de sang gonflait au coin de son œil, il était tourné vers moi, sans réaction. Alors que mes écorchures commençaient à me brûler, sa blessure a également sonné l'alarme. Je l'ai vu y porter la main, s'apprêter à crier, mais je n'ai rien entendu. Je suis tombé dans les pommes.

L'été a pris fin.

15

C'étaient un peu plus que des écorchures. Fracture ouverte du bras droit. J'avais lancé le bout de bois si violemment que je m'étais déboîté l'épaule et, comme mes jambes n'avaient plus la force de me porter, j'avais amorti ma chute avec les mains. Tout mon poids était retombé sur ce point faible. L'os était sorti de sa cavité et s'était brisé en deux.

Papa et moi nous sommes précipités à l'hôpital, dans le taxi qui avait ramené ma mère à la maison. En chemin, mon père a essayé de remettre mon bras en place et a ri avec le chauffeur, « Il faut bien qu'il se casse quelque chose, c'est un garçon ». Et il riait, hahariait comme si j'avais gagné un tournoi de base-ball. Allez savoir ce que c'est pour un père d'avoir un fils infirme. Il était onze heures du matin et le soleil étouffait l'habitacle et mon crâne.

J'ai beaucoup vomi.

16

Cette année-là, Paulina a mis au monde une fille qu'elle a prénommée Adriana (en l'honneur de son mari, Adriano, qui les a très vite abandonnées). Alors que le nombril de ma nounou formait une protubérance, Maria Aína a vu dans le marc du café que l'enfant aurait une vie triste, sans pour autant avoir le temps d'être vraiment malheureuse. Elle ne s'était pas trompée : à l'âge de vingt ans et quelques, Adriana est morte en couches, au début des années 00.

Son fils vit toujours à Queím. Avant-hier, je l'ai vu au milieu d'une tripotée de gamins, une douzaine, tous torse nu (douze nuances de noir), qui jouaient au foot dans l'allée Bastilho. Je suis passé en traînant la patte alors que j'allais à la boulangerie et il m'a regardé. Ils m'ont tous regardé – bête de cirque –, mais lui je l'ai reconnu. C'est le portrait craché de sa grand-mère.

Je crois qu'il s'appelle Renato.

Je suppose que c'était le prénom de son père.

17

J'ai gardé le bras plâtré cinq semaines. Ma peau qui ne respirait pas, pâle et constamment moite, empestait la mousse sous le plâtre et me retournait l'estomac. En rentrant de l'hôpital, on m'a installé dans le lit de mes parents et maman s'est occupée de moi, papa passait et riait de sa brute de fiston. Paulina me donnait à manger à la cuillère, Joana m'a flanqué un baiser sonore sur la joue, pour que je guérisse.

Et Cosme, était-il mort ? J'ai eu peur en posant la question à papa, peur d'être envoyé en prison et d'être condamné à passer le reste de mes jours avec les bandits. Il m'a répondu très sérieusement : non, mais presque. Où était-il ? Papa a dit qu'on allait se revoir bientôt-bientôt, qu'on devait faire la paix. J'ai baissé la tête, oui, la paix. Je détestais faire la paix (que ce soit avec ma sœur ou mes camarades de classe). Avais-je honte ou étais-je nerveux à l'idée de serrer la main de mon ennemi ? Je ne me souviens plus très bien. Le fait est que j'avais hâte de voir le visage de Cosme. J'ai ressenti des picotements dans la poitrine et plus bas encore. Je voulais parce que je voulais. Était-il gravement blessé ? Papa a ri, mais non. Avait-il une cicatrice ?

Ma haine à son égard avait disparu. Je crois que la haine a la consistance d'un nuage, une chose à la portée de quiconque veut l'attraper, la laisser fermenter et la façonner à sa guise. C'est un appendice de l'esprit. Elle n'a pas de propriétaire ni d'objectif clair, elle ne peut être anticipée ou maîtrisée, c'est une espèce de peste bubonique qui se propage, un venin hors de contrôle, de la lave volcanique, une vague de tsunami, je ne sais pas trop quelle est la bonne comparaison. Après le coup de canne, ma haine a perdu le nom et la forme de Cosmim. C'est comme ça que soudain j'ai commencé à l'aimer.

18

Grâce à son torse puissant, le capitaine Brás pouvait défier la mort elle-même. Un colosse impavide. Des collants vert et jaune, un masque bleu, un superhéros 100 % brésilien que j'avais moi-même inventé. Le sabreur de la liberté. Allongé dans le lit de maman et papa, sans pouvoir dessiner (je suis droitier), je relisais les quelques pages que j'avais déjà faites. Le capitaine combattait un monstre aux mille membranes de cafard : quand il le tuait à coups d'épée, un autre monstre, identique quoique plus petit, sortait de sa carapace. Frappé par l'ennemi, le héros manquait se noyer dans la baie de Guanabara, mais il finissait par gagner, il gagnait toujours. Je n'avais simplement pas encore dessiné sa victoire.

Les mollets, j'avais un problème avec les mollets du capitaine Brás. Ils étaient difficiles à dessiner, tout comme son slip de bain et son derrière. Les garçons ne dessinent pas le derrière des garçons, les garçons ne regardent même pas, ne pensent même pas à l'avant du slip de bain d'un autre garçon. Une anxiété que je n'ai pas comprise sur le moment m'a poussé à chercher autre chose à lire.

Sur la pile de revues de bandes dessinées et de livres que l'on m'avait prêtés pour passer le temps, j'ai trouvé un magazine people : POURQUOI LES FIANÇAILLES DE MARLENE ONT-ELLES ÉTÉ ROMPUES ? (Je ne me rappelle pas.)

Deux photos du couple pieds nus à la maison, l'air décontracté. Par hasard, au premier plan, les richelieus bicolores de Paulo Farias, l'ex-futur mari de la chanteuse. Les petits orteils de Marlene Bernard, star de seconde zone de TV Tupi. Les mollets de Paulo, serrés dans son pantalon beige. J'ai recommencé à sentir des picotements au-dessous de la poitrine, qui sont ensuite descendus au-dessous de l'estomac. Ma bite s'est réveillée en sautillant.

Quand j'ai soulevé le drap, elle était sortie de mon bas de pyjama. J'ai fermé les yeux, je me suis mis sur le ventre et, faute de pouvoir utiliser ma main droite, je l'ai empoignée de la gauche. Jusque-là, c'était comme ça que je procédais, sur le ventre : je serrais ma bite et mes couilles et me balançais d'avant en arrière jusqu'à sentir des contractions au fond de mon pelvis. Je n'éjaculais pas encore. Ces orgasmes secs ont été les meilleurs de ma vie.

Je projetais plusieurs images sur l'écran sombre de mes paupières. Je n'avais pas encore développé les compétences de boucher pour n'imaginer que les parties du corps qui me feraient jouir (pieds/mollets/fesses/cou). Souvenirs du collège : les chevilles de Pedro qui courait après le ballon, Simone la maigrichonne qui me regardait de l'autre côté de la cour de récré, pourquoi me regardait-elle comme ça ? Voulait-elle me voir sans vêtements ? Paulina nue. Cela m'excitait car c'étaient des pensées interdites. L'odeur de la sueur après les cours d'EPS. Moi j'étais dispensé. La bite de Cosmim s'est immiscée sur la bande. À quoi pouvait-elle ressembler ? Épaisse et plus mulâtre que le reste de son corps. Un anneau de peau serrée au bout. Moussait-elle? Les garçons de mon collège disaient que leur bite faisait de la mousse, mais la mienne non. La mienne était toute fine, mais longue. Quand elle était dure, c'était ce que mon corps avait de plus droit. Cosme. Cosme qui avait peur de papa. Cosme qui poursuivait ma sœur, les grandes mains de Cosme. Cosmim. Si Simone l'avait vu, elle aurait voulu se marier avec lui.

Ce qui m'excitait vraiment, c'était d'être dans le lit de mes parents, le lit où j'avais été conçu, où ma sœur avait été conçue, où avait lieu tout le sexe que je connaissais. La sensation d'interdit s'est accentuée, ma raideur aussi, un claquement sec dans ma tête et soudain cette crampe chaude au ventre et une humidité tiède dans la paume. J'ai ouvert les yeux, alarmé. C'était la première fois que quelque chose sortait. J'ai cru que je m'étais pissé dessus.

Cosmim m'épiait dans l'embrasure de la porte, torse nu, un demi-sourire aux lèvres. Sur son front, un petit pansement, compresse et sparadrap, fait par papa; je pense que c'était juste pour m'impressionner, parce que sa blessure était bien moins grave que la mienne. Il n'a pas paniqué quand moi j'ai paniqué. N'a même pas cillé quand je me suis tortillé pour remonter mon bas de pyjama. A continué à demi-sourire, avec ce calme étrange. J'ai essuyé le liquide visqueux et poisseux sur les draps et attendu. La peur s'est transformée en terreur, une terreur épouffroyable.

Cosmim semblait être devenu adulte du jour au lendemain, sa peau s'était assombrie, ses cuisses, allongées. Des poils. Une odeur de chair propre. Ses tibias, autrefois des brindilles, se terminaient à présent sur des pieds massifs, larges et plats. Nul au foot, il jouait toujours en défense. Inapte à l'armée. Un peu asymétrique, puisque le côté gauche de son corps paraissait plus musclé que le droit. Ses petits tétons avaient la couleur des figues. Sa voix muait, devenait plus grave.

« C'est quoi, ces dessins ? » et il s'est avancé pour regarder.

(Avec cette question, il acceptait les excuses que je ne lui avais pas présentées. Notre paix était scellée.) Un frisson dans mes cheveux au niveau de la nuque. Il s'est approché d'un pas décidé. A posé la main droite sur mon front et j'ai senti qu'elle était rêche et chaude. Je ne sais pas pourquoi il a fait ça, je pense que lui non plus. Il a arrêté de parler, a arrêté de demi-sourire, a pivoté sur ses talons puis est parti en traînant ses tongs en caoutchouc. Ses fesses, deux pistons de moteur.

Je me suis alors souvenu du cours de biologie, j'ai compris ce qui avait emmiellé mes doigts, ce que j'avais essuyé sur les draps de maman. J'ai alors été saisi d'une puérile frayeur : et si ma mère se roulait dedans et tombait enceinte ? Je serais le père de mon frère !

C'est la seule fois où j'ai prié.

Dieu a entendu ma supplique.

19

Les deux semaines qui ont suivi sont floues dans ma mémoire. Quelques éléments confus, d'autres impossibles à situer dans le temps. Maman s'est mise à fumer des cigarettes qu'elle sortait d'un paquet doré. La rentrée des classes approchait. Un jour, elle a fait ses valises et déménagé dans une autre maison (un hôtel ?). Le lendemain, elle est revenue vivre avec nous, elle avait pardonné à mon père. Le pourquoi, je l'ignorais. Avait-il couché avec sa secrétaire ? Tous les hommes couchaient avec leur secrétaire.

Ils divorceraient quelques années plus tard. Papa a fini ses jours en 1987, dans une ferme à Queimados, dément paranoïaque, terrifié à l'idée qu'on le balance au milieu de pneus et qu'on y mette le feu. Les bandits. Maman a vieilli sans un sou dans un T2 à Taquara. Plus tard encore, alors que tous deux étaient morts, j'ai découvert quelques bouts de pourquoi.

En rassemblant la paperasse de maman pour la jeter à la poubelle, je suis tombé sur une chemise étiquetée à mon nom. À l'intérieur, une lettre et des documents photocopiés (« que le déposant… » ; « qu'il croyait être médecin, lui a administré une injection » ; « qu'il a entendu le… qu'il s'est évanoui à cause de… » ; « substance qui l'a empêchée de dormir pendant trois nuits » ; « qui se faisait appeler "Dr Pablo" et riait quand ») qu'un des amis militaires de mon père, je suppose, lui avait envoyés. Si tout concorde (il y a beaucoup de tampons officiels, mais je n'ai jamais cherché à connaître le fin mot de l'histoire), papa était le « Dr Pablo » qui maintenait les prisonniers en vie dans les centres de torture. Il est possible que ce soit une invention de sa rancœur. Dans sa lettre, maman dit qu'elle ignorait pour quelle raison et de quel endroit mon père avait sauvé Cosmim, mais elle pensait que c'était le fils de l'une de ses victimes, peut-être issu de son propre sperme violateur. C'est pour cela que, tout en ayant pitié de lui, elle n'était jamais parvenue à le regarder en face, etc. – et qu'elle m'aimait beaucoup et m'embrassait fort. ♥♥♥ Antônia de M. Cruz, ta mère qui t'aime de tout son cœur.

(Les tampons et les histoires sont faciles à inventer.) Il n'en reste pas moins que, si tout cela est vrai, papa doit brûler dans le bûcher éternel des archives qu'est l'enfer. Ou alors, c'est n'importe quoi, on meurt et on disparaît dans le vide, nos corps fertilisent les arbres et ceux qui se souviennent de nous finissent aussi par mourir un jour.

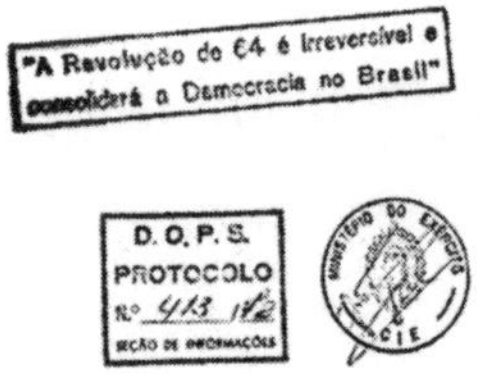

20

La capitale de l'État de l'Amapá ? Macapá ! Les ventilateurs n'apportaient aucun soulagement, se contentant de répandre l'air chaud dans la salle de classe. Quarante enfants, plus la maîtresse Beth, une fournaise. Les germes faisaient des bébés dans nos narines. Quand l'un d'entre nous tombait malade, c'était l'hécatombe. Les éruptions cutanées étaient collectives. Les poux rasaient au même moment la tête de tous les garçons. Les filles ne pouvaient pas et devaient se mettre du shampoincament.

À la rentrée, j'avais toujours le bras dans le plâtre, il fallait qu'on pousse mon fauteuil roulant. Les filles arboraient un air compatissant, tout comme les maîtresses, qui se montraient plus gentilles que jamais. Les garçons essayaient d'allier en un même sourire pitié et respect. J'étais à présent l'un des leurs, un petit mâle aux accès de violence imprévisibles. La surveillante me laissait retourner en classe bien après la fin de la récré, je n'étais pas obligé de copier ce qui était écrit sur le tableau noir, tout le monde a signé mon plâtre, la vie est douce pour un infirme qui s'est cassé le bras.

Je ne suis pas nostalgique de mes années de scolarité (au São Sebastião, un établissement privé, à trois rues de chez moi, il existe toujours), qui m'ont paru plutôt ternes. Elles m'ont servi à apprendre à lire, à additionner, à calculer le pourcentage des impôts et c'est à peu près tout. J'y ai aussi découvert que la faune humaine n'était pas très variée. Simone la maigrichonne, par exemple (son nom de famille était Pacheco Antino, je l'ai vu dans l'album qu'on nous a donné à la remise des diplômes), cheveux noirs bouclés, visage bombé d'animal herbivore, famille protestante (elle avait toujours une bible dans son cartable). Maigre et plate comme une galette, timorée et appliquée, elle s'asseyait dans le coin à droite, à deux rangs de la maîtresse. Elle ressemblait trait pour trait à des milliers d'autres fillettes maigrichonnes timorées et appliquées qui s'assoient dans un coin, près de la maîtresse, dans des milliers d'autres salles de cours sur les cinq continents.

Je suis certain que ma classe a servi de matrice pour tous les êtres humains de la planète. L'espèce entière était résumée dans ces quarante personnes (dont moi), qui représentaient toutes les tendances et tous les tempéraments. Tous les hommes, toutes les femmes, toutes les guerres, tous les esclavages, tous les divorces et toutes les polices, l'histoire de *A* à *Z* se trouve là en germe. L'humanité ne va pas au-delà de ces quarante archétypes. C'est pourquoi je n'ai gardé contact avec aucun de mes anciens camarades de classe : ce n'est pas nécessaire, j'en rencontre toujours un. (Le monde est petit.) Et ils sont toujours plus ou moins attirés, plus ou moins tenus à distance de la figure magnétique du moment : à l'école, la maîtresse ; à la maison, les parents ; à l'église, le pasteur ; au travail, le patron ; à la TV, la coqueluche ; au stade, l'attaquant vedette.

A. A. de C. ♂ – De petite taille, s'est enlaidi à l'adolescence, après avoir été gâté dans son enfance. Compensait par une bonne humeur constante et forcée. Excellent en maths. Assis au premier rang.

A. B. M. ♀ – A grandi avec un physique de garçon, un visage de maman dinosaure, de la force et un intérêt pour les sports de ballon (jamais les arts martiaux). S'asseyait au fond de la salle, près des chahuteurs, mais obtenait des notes raisonnables.

A. G. dos S. ♂ – A changé cinq fois de religion avant ses dix-huit ans. Aimait se faire passer pour un bandit saint, s'est rangé par la suite. Tient aujourd'hui un restaurant dans une petite ville du nord de l'État de Rio de Janeiro.

B. C. e O. ♂ – Gros agressif. Devenu ensuite bonne pâte. Commentait en détail sa vie, les cahiers et les stylos qui lui plaisaient, ce qu'il mangeait et buvait, son transit intestinal.

B. C. F. ♀ – Considérée comme la plus laide de l'établissement. S'asseyait au premier rang, mais n'arrivait pas à obtenir de bonnes notes. S'est mise à écouter du jazz et à aimer la mode d'avant-garde, est devenue sophistiquée en Europe.

C. A. C. ♂ – Moi, infirme, timide et irritable. M'asseyais dans le coin gauche de la salle, près de la porte (pour sortir plus facilement). Me mettais en colère quand on essayait de m'aider ou quand j'avais droit à un traitement de faveur.

C. B. das D. ♂ – Ami de toute la classe, n'a pas bu une goutte d'alcool avant ses dix-huit ans. Roi de la triche et des antisèches, n'a jamais eu une seule mauvaise note. Dès qu'il l'a pu, est devenu père de famille. Avait horreur de la violence physique.

D. A. C. A. ♀ – Petite boulotte à succès. Exhibait ses bourrelets comme on fait un doigt d'honneur. A perdu du poids à l'adolescence, mais a conservé sa personnalité agressive, utile dans le monde du travail.

D. H. de M. ♀ – Mignonne, très blanche de peau, chaste, très comme il faut. La reine de la classe.

E. E. A. ♂ – Beau gosse blondinet, le premier à perdre son pucelage. N'a jamais su quelle voie suivre, ce qui ne cessera de le déranger, car il avait l'impression qu'il lui manquait un bout de lui-même. Apogée de sa vie à dix-sept ans.

E. A. dos S. ♂ – Souriait trop. Tout le monde pensait qu'il était un peu simplet ou peut-être maniaque.

E. V. ♀ – Vivait chez son grand-père. Obsédée par l'idée de prendre soin des autres, est devenue infirmière. N'a pas réussi le concours d'entrée en médecine.

F. A. da S. ♂ – Parlait peu, mais de temps à autre perdait toute retenue et dansait sur les tables, enlevait sa chemise, essayait de marquer les meilleurs buts du monde, tirait la langue et secouait la tête et riait et héhériait et hahariait.

F. M. V. ♀ – Timide, en dépit de sa haute taille. Se comportait comme une fillette. À l'époque des pelles, disait que c'était très bien que personne ne veuille lui en rouler une, car c'était antihygiénique.

F. de N. I. ♂ – Échangeait des billets de mille cruzeiros contre deux pièces de cinq, simplement parce qu'il les trouvait plus belles.

F. T. A. L. ♂ – Dépourvu de traits caractéristiques jusqu'au jour où il s'est blessé en colonie de vacances. S'est retrouvé avec une cicatrice qui allait du cou à la bouche. Se faisait choyer par tout le monde, était ravi. A grandi en croyant que les gens avaient bon cœur.

G. C. e O. ⚥ – Mutant. A incarné, au fil des années, tous les personnages du dessin animé de Scooby Doo : le grand dadais goinfre et débraillé, le beau gosse intrépide, la jeune fille riche et en détresse, la petite intello à lunettes, le chien peureux. J'ignore s'iel s'est décidé·e pour l'un d'iel·s.

G. de A. P. ♂ – Adoré par son père, n'a jamais eu honte de dire qu'il aimait ses camarades. Collectionnera des petites voitures jusqu'à sa mort.

G. dos S. V. ♀ – Fausse blonde plantureuse depuis ses quatorze ans. Rêvait de vivre aux USA et d'épouser un Usanien. Acceptera d'avoir des rapports sexuels filmés et diffusés sur Internet, mais avec une caméra dernier cri.

I. de A. C. ♀ – Pauvre petite qui travaillait dur. Est montée dans la vie pour défendre les gens puissants qui l'ont laissée monter.

J. P.-C. ♂ – A tenté de se suicider après s'être fait larguer pour la première fois. Pékinois, aboyait fort et se croyait viril. A sérieusement envisagé de devenir acteur de cinéma.

L. D. de A. F. ♂ – Après avoir donné un coup de pied dans la tête d'un camarade, a été renvoyé de l'établissement.

L. S. S. ♀ – Aimait dessiner des clowns macabres. La première de toute la classe à apprendre à fumer, à parler anglais, à se tatouer. S'asseyait à l'avant-dernier rang. Se croyait plus libre que les autres.

M. H. ♂ – M'a fait un jour un croche-patte parce que je n'avais pas répondu à son bonjour. M'a ensuite pris dans ses bras en pleurant.

M. P. de I. ♂ – Le premier à avoir du poil au menton. Suait, sentait mauvais et acceptait la répugnance de la biologie. S'arrachait les cuticules des doigts et les mâchait des heures durant parce qu'elles étaient salées.

N. S. ♀ – Ne regardait pas de films inappropriés pour son âge. Quand le Téléthon a été inventé, a fait des dons. Quand les émissions de téléréalité ont été inventées, participait au vote du public. Mignonne, bonne élève, très serviable et amicale.

P. C. B. Jr ♂ – S'est fait tabasser dans les vestiaires après avoir été surpris en train de bander pendant que les garçons prenaient leur douche. A dû changer de collège.

P. da S. M. ♂ – Parler de voitures amène à parler de femmes, qui amène à parler d'argent, qui amène à parler de football, qui amène à parler de voitures. Étudiait avec acharnement jusqu'à ce qu'il comprenne un aspect de la leçon ou prenne sa retraite.

P. F. C. ♀ – La seule Noire-noire de la classe. Premier rang. A renoué avec ses racines africaines : vêtements, foulard dans les cheveux, gestuelle.

P. R. Q. de M. ♂ – Le genre de garçon qui devient analyste de systèmes tout en ayant écrit trois livres de poésie jamais publiés.

R. de S. ♀ – Spiritualiste et bucolique, Dieu est le dieu en chacun. N'aimait que les objets blancs, s'est mariée et est allée vivre dans un penthouse à Barra da Tijuca.

R. E. da C. ♂ – Est devenu un adolescent musclé, énorme, presque déformé par la force, tout en restant très calme comme certains géants dans les films fantastiques. Tendance à conduire des voitures minuscules et don pour la musique.

R. S. X. ♀ – Voulait faire carrière en braquant des banques et en faisant la Révolution, mais est très vite devenu accro aux cigarettes et au *vinho verde**.

S. D. ♀ – Fille de la maîtresse Beth. Se rebellait avec fougue pour des broutilles et lorsque tout le monde s'en moquait. Savait s'y prendre pour monter les élèves contre sa mère. Athée et célibataire convaincue.

S. P. A. ♀ – Simone la maigrichonne. Aujourd'hui encore, doit croire que Dieu est grand.

S. S. K. ♂ – Blanc, visage carré, houppette brune. Intelligent, ou presque. Est naturellement devenu le leader, le mâle alpha de la classe. Pouvait torpiller les premiers-rangs car ils se fichaient d'être houspillés.

T. de M. J.-R. ♂ – Commère, visqueux. Dénonçait les chahuteurs puis cachait son doigt. Est devenu directeur d'une banque et se serait affilié au Parti si le pays avait été communiste. Commissaire de rebord de fenêtre. Envoyait la police aux trousses des Noirs suspects et des jeunes chevelus.

T. H. V. ♀ – A toujours prêté plus d'attention aux livres qu'aux études.

V. de A. ♂ – Bedonnant à l'âge de treize ans, marié à dix-sept. Un chouette gars. Fidèle dépositaire du rêve brésilien. A ouvert un compte d'épargne et pointait religieusement au travail, faisait des grillades le dimanche pour éviter de penser à la mort ou aux règles.

V. G. ♀ – Même jeune, avait l'air un peu cabossée par la vie. Voulait se marier et vivre en paix. Pour garder ses amis, faisait des blagues de pipi-caca ou de choux prouteurs, etc. Avait les pieds qui rentraient en dedans.

Ce n'étaient pas des unités hermétiques, bien entendu. Personne ne l'est. Ils se réunissaient en clans, tribus, partis, cliques, bandes, soirées pyjama. Entre ceux qui aimaient les chiens et ceux qui aimaient les chats, sous-divisés en races de chien ou de chat préférées, etc. Ils étaient traversés par des coups de froid et des vagues de solidarité, des troupeaux en débandade, des instincts et des malentendus. Petits mots, châtaignes, grimaces derrière le dos, surnoms et jouets mis en pièces (un jour, G. de A. P. ♂ a marché sur un avion qui m'appartenait). Ils se disputaient, dominaient et se soumettaient, se livraient à tout type de commerce, y compris les rhumes, se contaminaient et puis tchao. Chacun est parti de son côté, absolument certain d'être le chimpanzé, le seul, voué à accéder à la présidence du Brésil.

Maman était une typique D. H. de M. ♀. Papa, apparemment, était un L. D. de A. F. ♂. Joana, un cas rare de N. S. ♀ devenu une espèce de B. C. F. ♀... Je n'ai connu qu'une personne qui ne s'emboîtait dans aucun de ces quarante archétypes : Cosmim. Lui, le monde l'a fait, puis a détruit la matrice. Tout le reste : emboîtable.

21

Un matin, en chemin pour la boulangerie Flor do Queím (la troisième fournée sort toujours à 8 h 30), j'ai revu Renato, le petit-fils de Paulina et d'Adriano, le fils d'Adriana. Uniforme bleu et blanc de collège public, peau café avec une goutte de lait, cartable en plastique Power Rangers (pour des enfants de cinq ans de moins que lui). Je lui ai demandé s'il se souvenait de moi, il a hoché la tête, m'a serré la main avant de partir en éclatant de rire. Je n'ai pas eu le temps de lui demander s'il se souvenait de son grand-père.

22

Le quartier de Queím est minuscule, on le voit à peine sur les cartes à grande échelle, mais quand Cosmim m'a présenté la rue (je pouvais désormais jouer dehors, j'étais un homme-mâle), il m'a paru si gigantesque qu'autour de moi j'ai senti l'air se raréfier. Je me suis étouffé (c'était la peur, oui), il m'a délicatement tapoté dans le dos : « Ça va ?

— Oui.

— La rue elle mord pas. »

Avenue Suaçu, actuelle rue Enone Queirós. Des enfants jouaient au foot comme aujourd'hui, pieds nus, une équipe avec T-shirt, l'autre sans (ou tout le monde sans), quatre tongs marquant les cages. *Tut-tut*, les voitures klaxonnaient dès le coin de la rue pour interrompre le match sans provoquer d'accident ni de dispute en raison d'un but annulé.

De temps en temps, ils perdaient le ballon qui s'élevait dans les airs. Le soleil brûlait les yeux. Le ballon rebondissait : poussière, saleté, mauvais béton, cafards morts, plaques d'égout, odeur de bière rance, pisse de cheval, cheval galeux. Et il retombait dans les broussailles de la *senzala*. Paysage d'un jaune délavé.

Mon bras avait guéri. J'avais troqué mon bâton contre des béquilles, j'étais redevenu infirme à plein temps, muni de mes deux tentacules en métal. Cosme est venu me voir et m'a dit « On bouge ? ». Moi « À la piscine ? ». Lui « Dans la rue ».

Moment de panique. « J'ai pas le droit, ma mère veut pas.

— Mais si, elle t'a déjà laissé sortir, elle a dit qu'avec moi tu pouvais. »

J'ai hésité, je suis allé demander à maman, qui a grommelé un vas-y-vas-y. Elle était retranchée dans la pièce sans fenêtres, où elle lustrait ses petits œufs en faux or. Elle y avait installé un lit, un matelas une place, deux traversins, des draps de soie, une bouteille de merlot. Et papa, il est où ? Elle a haussé les épaules, aucune idée.

La première chose que j'ai vue dans la rue, c'est une femme. Noire, maigre, enceinte, vêtue d'une robe beige que ses seins gonflés retenaient à peine. Elle arrachait des poignées d'herbes du sol (en s'écorchant les doigts chaque fois), avec l'air béat des faibles d'esprit. Elle tuait les plantes pour passer le temps. Cosmim m'a regardé et a haussé les sourcils en signe de compassion : cette femme avait les idées perturbées, elle ne reconnaissait personne, vivant dans un aujourd'hui sans fin. Elle n'avait même pas de nom. Personne ne savait qui était le père du bébé, et elle n'avait pas de langue pour dénoncer son violeur. Elle est morte avant d'accoucher, le crâne fracassé sur le trottoir. Le lendemain, j'ai aperçu la tache de vieux sang marron en forme de ;‘,; éclaboussé. Elle a trébuché, qu'ils ont dit.

La deuxième chose que j'ai vue dans la rue, c'est un demi-cercle de personnes qui m'attendaient. Moi, le plus blanc de tous et le plus jeune, j'ai été présenté à chacun d'entre eux. Nœud, de son vrai nom Norberto, était squelettique et avait une réputation de junkie (plus tard, on dirait qu'il avait du sang sidéen comme le chanteur Cazuza et qu'il était pédé). Nœud avait des mimiques de vieille femme maigre, s'asseyait tout le temps en croisant doublement les jambes de manière impossible (d'où la drôlerie de son surnom), et fumait beaucoup, un bras appuyé sur l'autre dans un geste à la Carmen Miranda. Tiziu[1] était d'un noir bleu et avait les dents jaunes (il lui en manquait trois, ses canines se chevauchaient). Sa plus jeune sœur ne sortait jamais parce qu'elle était enceinte. Otávio disait que je n'avais qu'à parler à Omolu*, le dieu de la variole, si je voulais que ma jambe guérisse. Baleineau, rond comme un tonneau, ne pouvait faire que gardien de but au foot car il couvrait toute la cage. Ils étaient environ treize garçons (plus quelques filles) en tongs, les pieds sales et calleux.

Ce jour-là, j'ai pris conscience pour la première fois que je vivais parmi des gens pauvres. Étais-je moi aussi pauvre ? Non. Ils m'ont vite fait comprendre que j'étais différent – différent en bien, et non pas différent en oh-le-pauvre-garçon (ce qui était bien plus courant). J'étais très blanc, je portais des sandales qui n'étaient pas en caoutchouc (elles avaient du velcro !) et ma maison était entourée d'un portail et d'un mur, on ne pouvait pas voir à l'intérieur. Papa conduisait une Ford Corcel, et ma mère, personne ne l'avait jamais vue. Seules les femmes riches vivaient cachées comme ça.

« Ton père, il fait quoi ?

— Il est médecin. »

Un silence de oh.

« Vous voyez ? » Cosmim a dit.

Personne n'y avait cru.

1. *Tiziu*, également connu sous le nom de jacarini, est un oiseau au plumage noir. *Tiziu* est utilisé de façon péjorative pour désigner une personne à la peau très noire. *(N.d.T.)*

23

Bulletin de *Cosme Henrique de Souza*

Année scolaire 19 *78*

Notes du *premier* bimestre

Portugais et littérature brésilienne	6
Arts plastiques	7,5
EPS	8,0
Histoire	4,5
Organisation sociale et politique du Brésil	5,5
Éducation morale et civique	4,5
Mathématiques	3,5
Éducation à la santé	8,5
Physique et biologie	8,5

NOTES FINALES

....

J'ai gardé un tas de papiers, son acte de naissance (un duplicata, père inconnu, mère inconnue, tutrice légale : Maria Doralina Trazim de Souza), son carnet de vaccination, ses bulletins scolaires, ce genre de chose. Pour quoi faire ? Sans doute dans l'espoir que quelque chose là-dedans m'explique l'énigme de Cosme. Il était nul en maths, mais excellent en sciences, qu'est-ce que cela peut bien vouloir dire ? Il savait ce qu'était la force de gravité. Est-ce que cela veut dire quelque chose ? Il n'aimait pas les chaussures, par exemple. Dès qu'il le pouvait, il marchait pieds nus, même dans les rues immondes. Qu'est-ce que cela veut dire ? Un jour, il s'est ouvert avec un tesson de verre, il s'est mis à clopiner presque comme moi. Pendant un moment, il m'a appelé son jumeau. La nuit, terré dans sa petite chambre de bonne, il pleurait, terrifié à l'idée d'attraper le tétanos. C'est Nœud qui lui en avait parlé. Cosmim ignorait qu'il était vacciné.

Il est si absurde de tenter d'écrire Cosme, les particularités de Cosme, les mots de Cosme, les expressions de Cosme. Comme j'aimerais avoir une photo de lui pour la coller ici ! (Je ne suis pas certain que j'en aurais le courage.) Il ne s'est jamais fait tirer le moindre portrait. Chaque fois que j'y pense, je trouve cela incroyable : presque tous les êtres humains de l'histoire sont nés et sont morts sans qu'on ait pris de photo d'eux. Cosmim fut probablement l'un des derniers.

(La police doit avoir une photo de son cadavre allongé, le corps criblé des plaies du couteau, le visage creux.

Mais pas comme ça.)

24

Il arrive dans la vie d'une fille un moment où elle doit devenir une jeune demoiselle. Elle commence à perdre du sang et des bouts d'utérus par les cuisses et ne peut plus s'asseoir ni marcher les jambes écartées, mâcher la bouche ouverte. Elle ne peut pas tousser et éternuer sans fermer la bouche et doit la garder ainsi pour ne pas grossir ou trop parler. Une jeune demoiselle ne rit ni ne parle fort, ne joue pas à des jeux de gamin, n'interrompt pas la personne qui parle, car c'est déjà une jeune demoiselle.

Après être devenue une jeune demoiselle, Joana s'est enfermée dans son monde, que j'imaginais empester le sang menstruel, car elle s'est mise à tout regarder d'un air dégoûté : maman, moi, la rue et ses habitants. Elle a cessé de courir, même pour faire du sport. Elle nous parlait à Cosme et moi à moitié répugnée, comme si elle nous faisait une faveur. Son corps s'est allongé, mais c'était toujours une planche dépourvue de graisse. Elle s'est accrochée à papa, car elle l'aimait plus que tout. Le moment venu, je suis resté avec maman et elle est allée vivre avec lui à Queimados. (Plus tard, elle a fait des études, s'est mariée, a essayé de devenir une dame respectable ou une diva du journalisme, a eu deux filles, s'est démariée. Son grand sourire s'est fait de plus en plus rare, s'est raréfié, je ne l'ai quasiment plus revu. Joana adulte n'arbore ce sourire que pour annoncer une mauvaise nouvelle : licenciements, tumeurs malignes et décès dans la famille.) J'ignore ce qu'elle sait de l'histoire de papa. Je crois que la politique ne l'intéresse pas beaucoup.

25

J'étais en train de me dire que cela faisait longtemps qu'un cochon n'était pas mort chez la sœur de Grumá quand mon voisin a frappé à ma porte, dix heures du matin, rasé de frais, déodorant à 3,30 R$, salut-ça-va, je peux entrer (il avait déjà un pied à l'intérieur) prendre un café ? Je n'ai qu'une tasse, la mienne. J'ai dû boire dans un verre de gelée de *mocotó**. Il s'est assis dans le fauteuil et moi sur le tabouret en bois qui fait office de buffet. Il souriait, regardait autour de lui : « Tu ne m'as jamais invité ici… C'est qui ce petit sur la photo, c'est toi ?

— Non.

— Quelqu'un de ta famille ?

— Non, non. Elle faisait partie des objets d'un mort qui n'avait pas de famille. Dans la boutique. Tu te souviens que je t'ai parlé de la boutique d'antiquités que je tenais à Copacabana…

— Mmh.

— Beaucoup de gens meurent et leurs objets ont nulle part où aller. Tout finit à la poubelle. Il arrive que quelqu'un s'arrête, regarde, les prenne et les vende à une boutique d'antiquités. Le tout pour cinq, dix réals. J'ai vendu des tas d'albums photo de morts sans parents. Il y a des gens qui les achètent. Il y a des gens qui adorent les vieilles photos. Celle-ci est restée quand j'ai fermé la boutique. Personne n'en a voulu. Comme je la trouvais jolie, je l'ai fait encadrer.

— Je vois. »

(*Pause.*)

« Il n'y a plus de cochon qui meurt chez ta sœur ?

— Accidentellement, non. »

Au fait, il a commencé à dire « Au fait… », il avait besoin d'un petit service, il lui était arrivé une tuile, bon, rien de grave. Il avait besoin d'une nouvelle cuisinière, la sienne avait rendu l'âme, il avait besoin de m'emprunter ma carte bancaire pour la payer en plusieurs fois, car sa ligne de crédit était pourrie. « Encore plus pourrie que Lula », et il a hahari. Il me rembourserait la totalité, promis.

Lula n'est plus le président depuis des années, mais Grumá est mon seul ami. Comment allais-je refuser ? Je lui ai passé ma carte et mon code secret, il est parti au centre commercial et est revenu avec le reçu. Cuisinière DW70, six feux, bitension, blanc, allumage automatique, four autonettoyant, plateaux coulissants : 12 × 94,08 R$ sans intérêts. Livraison dans les cinq jours ouvrables.

Il n'a vraiment acheté qu'une cuisinière.

J'aime beaucoup cet enfant qui pose seul, pieds nus, minuscule au milieu du monde cru. Il semble si vulnérable, comme ça, torse nu. Je ne sais vraiment pas de qui il s'agit, ni de quand date la photo (elle n'est pas si vieille ; le garçon est probablement toujours en vie). On ne voit pas très bien son visage, mais on dirait qu'il sourit à l'appareil photo, à moins qu'il ne grimace face au soleil. Il devait détester le soleil, comme moi. D'ailleurs, s'il tenait un bout de bois à la main (à cet âge-là, je ne tenais déjà plus debout sans appui), on pourrait facilement croire que c'est moi. Nous nous ressemblons : deux enfants très blancs, singuliers, le corps rétréci dans la rudesse alentour.

26

Adriano est sorti du cinéma. On était assis sur le trottoir, Tiziu nous racontait comment son oncle était mort – sous la douche, en se lavant le nombril, qu'il prononçait « nimbril ». Selon lui, trop le trifouiller avec son doigt pouvait vraiment être fatal. N'importe quoi, a rétorqué Iguatemi (Marcelo Pontes, un petit métis surnommé Iguatemi, comme la célèbre corvette, car il voulait devenir officier de marine), en enfonçant son index dans son nombril pour le prouver. C'est à ce moment-là qu'Adriano est passé, faisant fermer tous les clapets.

Il avait trente ans, mais semblait en avoir cinquante car il restait toute la journée sous le maudit soleil. Par-dessus son odeur aigre de vêtements imbibés de sueur depuis des mois, l'arôme nauséabond du long bâton de cannelle qu'il suçait tout le temps. Il nous a salués d'un signe de tête et a continué son chemin. C'était le mari de Paulina, l'homme qui, quelques jours plus tard, allait tuer Cosme. Aucun de nous ne le connaissait, il nous avait salués par habitude, pour imposer sa présence.

On lui a rendu son salut, tenaillés par la peur.

(Qui aurait eu le culot de dire que c'était un suceur de b… ? Euh, pardon, un suceur de bâtons de cannelle, haha ! Personne. Non, personne n'a osé.)

Il sortait du cinéma Maier, à environ trois cents mètres de chez nous (le bâtiment est toujours là : c'est aujourd'hui une église évangélique). Était-il allé voir Superman ? *De l'autre côté de minuit* ? Est-ce qu'à l'époque Tom Mix, Mandrake le magicien, *Les Policiers de l'air* étaient encore à l'affiche ? À Queím, c'est bien possible. Avait-il mangé du pop-corn ? Difficile d'imaginer un assassin mangeant du pop-corn, ou du caramel coincé entre les dents, émettant ces ricanements scintillants et ridicules du cinéma… L'assassin adorait le cinéma. Il avait tout le temps un bâton de cannelle au bec. Ou alors c'est moi qui l'ai inventé comme ça, en train de mâchonner jour et nuit un cigare de cannelle.

Oui, j'ai dû l'inventer. On arrive à se convaincre de n'importe quoi. Par exemple, Gestas – Alfredo Gestas, l'éventreur de Queím (je ne sais pas si quelqu'un s'en souvient, s'il est connu en dehors de la zone nord, en dehors de Rio de Janeiro ; il a défrayé la chronique dans les années 80) –, qui avait prétendu avoir assassiné un homme. Il en avait fait une fixation : il avait tué un clochard à coups de massue, l'avait découpé en morceaux puis avait disparu avec le cadavre. Il était capable de reconstituer ce souvenir jusque dans les moindres détails, le rai de lumière difforme sur la mare de sang, les vagues d'adrénaline, la décharge que connaissent ceux qui tuent pour la première fois, le rictus de la victime et tout le reste. Il croyait tellement en sa propre invention qu'il avait fini par convaincre la police. Réclusion criminelle à perpétuité. Plusieurs mois plus tard, on avait découvert que Gestas avait tout inventé, même la victime, jusqu'alors un indigent sans papiers d'identité. Il avait été transféré dans une unité psychiatrique sécurisée, condamné à l'hospitalisation à perpétuité. Dans l'asile, lorsqu'il était plus ou moins lucide, il demandait à être envoyé à la chaise électrique. Il est mort avec cette culpabilité. Ça a fait la une d'un tas de journaux.

À l'inverse, j'ai toujours voulu croire que j'arriverais à me convaincre que j'avais tout inventé, inventé Cosmim et la mort de Cosmim, l'assassin mari de ma nounou, mon père ange de torture. Que le monde entier n'était qu'une hallucination de mon esprit infirme. Qu'un autre monde du même genre était possible, presque identique (avec ma mauvaise jambe, avec Queím et tout le reste, le Brésil, la misère et la tristesse, pas de problème), mais juste un peu moins abject.

Ou, à défaut d'être moins abject, un peu plus varié. J'ai lu un jour dans un poème que nous « sommes des poupées de lave durcie / et c'est avec des larmes qu'on nous façonne ». Dans ce poème, intitulé *Chicago, 1999*, un homme-salaire se souvient soudain qu'il y a des volcans dans son pays. C'est le genre de chose qu'on peut vraiment oublier, se dit l'homme du poème, jusqu'à ce que l'un d'entre eux entre en éruption.

Jamais personne ne m'a rien dit de tel, pas plus que le poète de ce poème n'aurait dit une chose pareille dans la vie normale. C'est donc la vie normale qui doit mourir ; Cosmim est mort dans la vie normale.

27

Avant tout cet asphalte, la plupart des rues de Queím étaient jonchées de petits galets ronds crissants, souvenirs d'un bras du rio Carioca qui s'est asséché non loin de là. Ils ne dépassaient jamais la taille d'une bille, d'un calot. Ils étaient marron, beige, blanc cassé, gris ou glaçon trouble. Les jeux dont je me souviens avec le plus de nostalgie ont été inventés à partir de ces petits galets récupérés gratis dans la rue. Au début, c'étaient des répliques de jeux connus – dames, solitaire, *amucum*, bataille navale – ou des variations de jeux plus compliqués, comme les échecs ou le backgammon. Plus tard, toujours en utilisant les plateaux dont je disposais, j'ai inventé de nouvelles règles. Plus tard encore, de nouveaux plateaux.

Le jeu que j'essayais d'expliquer à Cosme ce jour-là était mon chef-d'œuvre. Je ne me rappelle plus comment je l'avais appelé, je sais juste qu'on y jouait avec un tas de petits galets noirs, qui représentaient les gens en général, et puis quelques galets de couleur habituelle (gris, beige, blanc cassé, marron), qui avaient le pouvoir d'influencer les noirs (pour tuer le galet le plus proche, par exemple, ou changer de camp). Enfin, les deux galets troubles (les plus rares) étaient les joueurs. Le but du jeu était de tuer son rival.

Il n'y avait pas de plateau. Ou plutôt : le terrain de jeu était la maison, le quartier, n'importe où, n'importe quel endroit, j'expliquais à mon ami, en essayant de susciter son intérêt. Nous étions dans ma chambre. Il s'efforçait de suivre, bâillait quelques questions. Dis, c'est pas un peu trop compliqué ton truc ? Additionner, multiplier, mesurer avec un double décimètre, lire des fiches et des règles (cinq pages de cahier noircies de règles… recto verso !), trop barbant pour être marrant, nan ? On se croirait à l'école. Ce serait plus amusant d'aligner les galets, la moitié de chaque côté, et d'essayer de toucher d'une chiquenaude ceux de l'ennemi. Alors que j'allais lui expliquer que, oui, à un moment donné, les pions, et il y en avait beaucoup, allaient se battre, papa est entré. Il était soûl. Il titubait légèrement, comme son fils infirme.

Il nous apportait un plateau de pains au fromage. Je lui ai demandé où était maman, il a froncé le nez, aucune idée. Il a borborygmé quelques mots. Il voulait savoir comment se portaient ses garçons. Il a regardé les galets avec tendresse, oui, avec tendresse. Je m'apprêtais à lui expliquer qu'il s'agissait d'une bataille, mais papa m'a coupé en nous déclarant à brûle-pourpoint qu'il nous aimait beaucoup. « Mangez donc un pain au fromage », il a ajouté en nous tendant le plateau.

Nous n'avons pas eu le temps d'en prendre un. Il a soufflé un *I* aigu et long, comme un ballon percé. Il avait le regard fixe.

Il pleurait sans verser de larmes. Des sanglots secs, des ronflements nasaux, papa muet, nous observant, le visage blême tordu en un rictus douloureux (il avait grossi ; en guise de barbe, quelques pousses grises et raides sur sa peau flasque), ses sourcils plissés en ^. Il fronçait le visage pour faire sortir ses larmes, mais elles ne sortaient pas. Ses yeux n'étaient même pas humides, juste embués. On aurait dit deux boules de coton, celles que l'on met dans les narines des morts. Dès lors, qui allait avoir le courage de prendre le premier pain au fromage ?

Il a posé le plateau et s'est allongé par terre. Sur les galets, qui ont clic-cloqué partout, rayant le parquet. Soûl, il n'a même pas remarqué qu'ils s'enfonçaient dans sa chair. (De toute façon, il était habitué : il était né et avait grandi à Queím, sur les chaussées pavées de galets du quartier.) Il s'est couché sur le côté, lové comme une conque ou une coquille d'escargot, s'étreignant lui-même. Cosme et moi contemplions la scène, pétrifiés : un presque vieux recroquevillé de tristesse, dépérissant, un gros monsieur qui dépérissait de douleur sur de minuscules petits galets.

Je me suis allongé à mon tour, puis je me suis glissé sur le dos dans son étreinte, qui s'est resserrée avec gratitude. J'ai prononcé quelques paroles de consolation, je ne me souviens plus desquelles, mais ça a désengorgé ses pleurs. J'ai senti le souffle chaud de sa toux sur ma nuque, un *orgh-o-oh* venu des tréfonds de son œsophage, désespéré de soulagement. Ses larmes ont fini par arriver, accompagnées de hoquets catarrheux et de petits appels à la miséricorde, tandis que sa bedaine massait ma colonne vertébrale.

Cosmim est resté assis où il était, à nous regarder avec stupéfaction.

Un des amis de papa était mort. Hic. Il avait dû procéder à la reconnaissance du corps. Hic. Si les cadavres ne manquaient pas dans sa mémoire de médecin, celui-ci l'avait terrassé : une balle dans la nuque, à bout portant. Odeur de sang et de cheveux brûlés. Haleine chaude d'alcool mêlée à l'arôme des pains au fromage. Fonctionnaire subalterne dans un ministère, un ami d'enfance. Pas d'ennemis ni de dettes, encore moins de maîtresse. Mon père était son seul ami-ami-vraiment. Sa femme était inconsolable.

Pas d'enfants. On s'était débarrassé de son corps dans un bosquet de Recreio.

Pourquoi ? Pour rien, personne ne le savait. Il se peut qu'il ait laissé tomber une carte de visite dans l'autobus, qu'un maniaque l'ait ramassée et ait décidé de le traquer jusqu'à ce que mort s'ensuive. Il se peut qu'on lui ait volé un peu de monnaie et qu'on l'ait tué juste pour s'amuser, par goût. De nos jours, on tuait pour rien, la vie d'un homme n'avait aucune valeur, de moins en moins de valeur. Après tout, il y avait trop de monde sur la planète (cinq milliards !), un de plus, un de moins, qu'est-ce que ça changeait ? J'ai attrapé un petit pain au fromage et je l'ai mangé discrètement. Cosme m'a imité et nous nous sommes souri, complices. Papa m'a serré fort, car sa tristesse était immense. J'ai senti l'os de sa hanche contre mon dos.

28

Les fourmis lui avaient bouffé les yeux.

« Les yeux de qui ?

— Du chien. Elles ont tout mangé, à la fin il restait que les petits trous. »

Cosmim, Iguatemi et Zetimó (José Timóteo ; un que j'ai peu connu) jouaient à l'aventure, ils se faufilaient dans le quartier, se râpaient les cuisses sur les murs crépis, rampaient dans les jardins des autres, chuchotaient dans un langage codé et imaginaient des choses que les gosses imaginent : Iguatemi se battait pour son pays à la guerre, Zetimó était à la recherche d'un trésor de pirate, Cosme, je ne sais pas, il ne faisait sans doute que tenir compagnie à ses amis. Je n'étais évidemment pas avec eux, j'ai entendu l'histoire plus tard, c'est Iguatemi qui me l'a racontée.

En fait, ils avaient trouvé un chien mort dans le jardin de *senhor* Arturo, un Espagnol grincheux et coriace, maure presque marron, qui vivait à côté de l'ancienne *senzala*. L'animal n'était pas à lui, mais il avait décidé de mourir dans ce jardin, comme ça, sans raison, parce que les chiens peuvent mourir là où ça leur chante. Le vieux croyait que les gosses l'avaient touché avec leurs lance-pierres (ils ont toujours des lance-pierres sur eux, en cas de duels pour défendre leur honneur ou pour tuer des monstres), et il les a obligés à enlever le cadavre. Mais, *senhor* Arturo, ce truc est mort depuis super longtemps, vous voyez pas comme ça schlingue ? Le vieil homme était persuadé qu'ils mentaient. Mais, *senhor* Arturo, vous voulez qu'on le mette où ? Ce n'était pas son problème. Aux assassins de se débrouiller.

« Et qu'est-ce que vous avez fait ? »

C'est Cosme qui a fait. Il a attrapé le chien par une patte arrière et l'a traîné jusqu'au terrain vague de la *senzala*. Il nous a dit de commencer à creuser. On a creusé, à mains nues. (Iguatemi m'a alors montré ses ongles pleins de terre.) Cosme a mis un pied sur le ventre de l'animal et a tiré fort sur sa patte avant, l'arrachant d'un coup. Le cadavre n'avait presque plus de sang, il était mort de chez mort. Après ça, il a arraché les trois autres, de plus en plus furieusement, sans laisser échapper un seul grognement. Il n'a pas réussi à détacher la tête – il lui aurait fallu une hache ! –, il a écrasé le cou pour essayer de le ramollir, a donné des coups de pied dans le crâne comme s'il tirait un coup franc. Rien n'y a fait.

Il a laissé tomber et il est venu nous aider à creuser. On a enterré le corps et les pattes dans la même fosse.

Problème résolu.

C'est ce qu'il a dit : « Problème résolu. » Iguatemi m'a regardé avec l'air craintif d'un capitaine de navire et de guerre qui n'a jamais vu la guerre. Comment pouvait-on faire un truc pareil ? Sans merci ni pitié…

29

Le soleil se lève derrière la *senzala*, comme il l'a toujours fait. Dimanche, huit heures du matin (pourquoi Cosmim et moi étions-nous réveillés ? et déjà dans la rue ?), nous sommes passés devant. Une fête en hommage à Omolu avait eu lieu dans la nuit. Les broussailles avaient été taillées. Des bandes de tissu se déployaient entre les branches d'un arbre et le sommet d'un poteau au centre du *terreiro**. Le poteau était orné d'épis de maïs, de kakis à moitié gâtés, de rameaux de feuilles-parfum et de rubans noirs, rouges et blancs. Tout autour, des chaises en bois. Sur l'une d'elles était assise Maria Aína dans une robe immaculée, à l'exception du bas, taché de boue.

À contre-jour du soleil naissant, la vieille femme reposait ses jambes avant de rentrer chez elle et de dormir, enfin. Elle fumait la pipe, chose que je ne l'avais jamais vue faire avant. Quelques jeunes femmes, fatiguées elles aussi par leur nuit blanche, ramassaient les plats en terre et surveillaient les braises, afin qu'elles ne se ravivent pas et ne rallument pas le feu. On sentait encore l'odeur des haricots, les effluves d'huile de palme et de feuilles de rue. Éparpillés sur le *terreiro*, les restes du festin : flan au maïs blanc, maïs rouge aux oignons et à la mélasse, pop-corn, beaucoup de pop-corn perdu dans la boue.

(Des années plus tard, j'ai appris que dans les fêtes en hommage à Omolu il y avait toujours des plats empoisonnés cachés parmi les vrais. Il fallait savoir les repérer. Mais personne ne mourait à Queím, tout au plus était-ce l'histoire de quelques jours au lit.)

Cosmim était nerveux. Il m'a tiré par le poignet, il voulait repartir tout de suite. Je lui ai pris la main, nous avons entrelacé nos doigts. Le soleil grimpait sur notre visage.

Moi non plus je ne me sentais pas comme d'habitude. Une colère, surgie à la puberté dans mon sang, me disait de me tenir sur mes gardes. Ces femmes étaient susceptibles de nous tuer à tout moment, de lacérer notre chair, de la cuisiner et de la manger avec une crème de maïs rose. Même à cette heure-là, alors qu'elles étaient épuisées et que les *pretos velhos** et les *pomba-giras** étaient déjà loin, de retour au ciel, en enfer, à Aruanda*. Il y a un je-ne-sais-quoi chez les femmes, une menace, quelque chose lié à leur utérus. Comment pouvais-je le savoir ? Nous avons eu peur.

Maria Aína s'est levée et s'est approchée de nous d'un pas dégingandé. Elle ressemblait à un bœuf mal nourri, les os saillants sous la chair. Frayeur. Nous avons démêlé nos doigts (honte de nous tenir la main depuis si longtemps, comme des amoureux). Elle souriait les yeux fermés. Elle savait tout avant tout le monde.

Elle n'était pas habitée par un *orixá**, elle n'était plus possédée car elle n'en avait pas besoin : elle avait déjà un pied dans leur monde. Elle s'est approchée un peu plus, sa moustache de chat frôlant presque mon visage, et elle m'a soufflé la fumée de sa pipe dans les yeux. J'ai senti une brûlure aveuglante. C'est à ce moment-là qu'elle m'a dit m'apprécier et m'aimer comme son fils, parce que j'étais né comme elle, pendu à mon cordon ombilical : « Les gens qui naissent ainsi passent leur vie sous la menace, *ossí.* » Mes yeux se sont remplis de larmes.

Cosmim a bredouillé une question. Elle a répondu en me regardant fixement.

Maria Aína : « Les choses n'ont pas besoin de nous, *dejú.* »

Je ne sais pas ce qu'il lui a demandé, je n'ai pas entendu. Depuis, je réfléchis à une question qui collerait parfaitement à la réponse de Maria Aína, mais je ne l'ai toujours pas trouvée. Au fond, n'importe laquelle pourrait convenir.

Trois jours plus tard, Maria Aína est morte de mort naturelle. Elle a laissé derrière elle enfants, petits-enfants, arrière, arrière-arrière. Son effroyable dynastie, transplantée de force au Brésil, ne s'est pas éteinte dans les années 70. Ma belle Maria Aína, ma mamie noire. Je n'ai pas eu le droit d'assister à l'enterrement, moi qui étais presque un adulte ; j'ai pleuré, enfermé dans la chambrette de Cosmim, l'ancienne petite chambre de bonne.

30

Pur mensonge. Non pas que Maria Aína ait voulu nous tromper. Elle n'avait rien à y gagner. Les *filhas de santo**, toute la religion. Ce n'était pas de la mauvaise foi. Mais il est vrai que n'importe quelle réponse peut convenir, c'est juste qu'on ne comprend jamais la question. Le *terreiro* dans l'ancienne *senzala* : un mensonge. Les transes, les *pretos velhos* parlant en portugais yoruba : un mensonge élaboré, orné de rubans et de kakis, gobé à contrecœur avec du flan et de la mélasse. On fait ce qu'on peut.

Je me souviens : Cosmim était transi de peur. Il voulait absolument parler aux saints et connaître son avenir, car au fond il savait que personne, pas même les âmes, ne pouvait avoir d'informations sur son passé. Il redoutait qu'on lui dise que son destin était de mourir accidentellement. Il ne voulait pas mourir d'une catastrophe ou de mort violente. Il ne voulait pas courir le risque de devenir infirme, de perdre une jambe. Mourir de maladie, par contre, ça lui allait.

31

Le petit est ici chez moi. Renato, le fils d'Adriana, le petit-fils de l'assassin, bref. Il est venu parce qu'il l'a bien voulu. Je l'ai croisé à l'angle de la boulangerie, je lui ai demandé s'il voulait venir à la maison. « Pourquoi ? », mais il n'a pas attendu la réponse. Il était tout seul, il n'avait rien de mieux à faire, il a haussé les épaules « Ok, on y va ». Il s'est donné sans trop de pourquois, comme ces jeunes filles pauvres qui, même avec beaucoup de fierté et d'amour-propre, se donnent plus facilement aux hommes (une chose que ma sœur, en l'occurrence, n'aurait jamais faite. Papa avait de l'argent. L'argent achète les pourquois et les pudeurs).

Le voilà maintenant ici, assoupi sur le lit que j'ai installé tant bien que mal par terre dans le salon, petit matelas, oreiller et couette. La porte n'est pas fermée à clé, il peut partir quand il veut. Mais il n'a absolument pas peur de moi. Tout à l'heure, j'ai préparé un encas (hot-dog et chips), il s'est plaint que je n'avais que du pain français et pas de pains viennois à hot-dog. Et pas de Coca ? Et pas de brioche ?

Pendant que le petit mangeait (il a la répugnante habitude de boire en mâchant pour ramollir ce qu'il a dans la bouche), je lui ai posé quelques questions. Il vit avec une fille (Carla, quatorze ans, elle aussi sans père ni mère) dans un appentis chez la tante de celle-ci (Anunciação, âge inconnu), une amie d'Adriana qui l'a adopté parce que c'est ce que font les femmes. Cette tante passe ses journées dehors et il lui arrive très souvent de ne pas rentrer le soir.

Sa mère ? Aucun souvenir. Son père s'est évanoui dans la nature après sa naissance, tout comme son grand-père. Comment s'appelait-il ? Il s'appelait également Renato ? Il ne sait pas. Son arrière-grand-père a probablement aussi abandonné sa famille, tout comme son arrière-arrière. Le petit appartient à une longue lignée d'hommes qui fuient leur femme enceinte.

Quel âge a-t-il ? Dix, presque onze.

Une peau épaisse. De grandes mains, une mâchoire quadrangulaire. Une merveille de l'évolution *Homo sapiens*. Ils en ont parlé aux infos l'autre jour : des scientifiques ont découvert que le visage humain a été façonné pour résister aux bourrades. Si nous avons cette tête, c'est parce qu'on se fait castagner depuis des millions d'années. Si nos mains ont cette forme, c'est parce qu'elles ont évolué pour former des poings et frapper. Renato dort les poings bien serrés, sur ses gardes, la bouche agitée.

Je vais dormir aussi.

Je vais m'allonger à côté de lui.

32

Quand je me suis réveillé, vers onze heures, le petit était parti. J'ignore s'il a dormi ici et s'il n'a pas voulu me déranger pour me dire au revoir ou s'il s'est sauvé en pleine nuit, répugné par mon corps infirme près du sien. Dehors, un soleil de plomb. Voilà une éternité qu'il n'a pas plu. (Ou non, non, il a plu avant-hier.) Je me sens tout ankylosé d'avoir dormi par terre.

Grumá a glissé une enveloppe dans ma boîte aux lettres. À l'intérieur, neuf billets de 10 R$. C'est le paiement de la première mensualité de la gazinière – qui, sur le relevé de la carte de crédit, s'élève à 94,08 R$ par mois. Il a arrondi à la baisse. S'il recommence pour les onze prochaines mensualités, je me ferai avoir de 48,96 R$. Il n'a même pas daigné écrire un petit mot, rien.

Je ne sais pas pourquoi mais je me suis souvenu qu'il appelle les bouteilles de bière glacées des « tibias de maçon ». La glace blanc grisâtre qui se forme sur le verre brun de la bouteille ressemble à de la poussière de ciment.

Un autre souvenir m'est revenu : un jour, sa mère, une dame octogénaire, a croisé Renan Martim sur le front de mer à Copacabana. C'est un acteur qui à l'époque jouait le rôle du méchant pur et dur dans la *telenovela* de vingt heures. La vieille femme s'est approchée de lui et, rajeunie par la colère, elle lui a flanqué un coup de tête dans la bouche ! Elle lui a cassé ses lunettes et tout. Les dents du jeune homme lui ont éraflé le front. Il était un peu sonné.

Quand les gens de la plage lui ont demandé pourquoi elle l'avait agressé, elle a parlé des méfaits du personnage de ce Martim. Du sang coulait sur son visage. Et il en commettrait de bien pires : elle avait lu dans un magazine qu'il en préparait de terribles, d'horribles, d'épouvantables. Mais, madame, savez-vous qu'il s'agit d'une *telenovela* ? Elle le savait – évidemment qu'elle le savait, elle n'était pas gaga, elle n'était pas idiote. Elle le détestait quand même.

Jamais je n'oublierai cette anecdote. La mère de Grumá haïssait d'une haine capable de traverser sans effort toutes les strates du monde.

33

Ils étaient de nouveau là. À jouer au foot après les cours. Quatre contre quatre, tous torse nu, la rue barrée d'un coin à l'autre, deux paires de Kichute pour délimiter les cages. Moi, à l'ombre d'un auvent, je surveillais l'heure sur ma montre (deux mi-temps de quinze minutes), ainsi que le score. Je ne pouvais pas jouer, mais j'aimais regarder et anticiper les dribbles, les courses, les bourrades, ce ballet maladroit. De temps en temps je décidais s'il y avait faute ou pas. Et je savais exactement où ils allaient tirer, qui arrêterait la jambe de qui, j'étais doué pour prévoir les mouvements.

Ceux qui pensent que les infirmes ne savent rien des fureurs du corps se trompent lourdement. C'est nous, les estropiés, les malformés, les amputés, les obèses et les minuscules, les allergiques, les hémophiles, les hémiplégiques, les para-, tri- et tétraplégiques, les nains, les albinos, les toujours-grippés, qui formons la légion des individus sauvés de la sélection naturelle par la compassion humaine, c'est nous qui comprenons la gloire des muscles et des tendons, les imperceptibles changements de température. (Je me suis si souvent imaginé jouer au foot, me battre comme un lion, balancer une pierre dans une vitre !) Nous avons tant de fois recréé en rêve le corps sain qui nous fait défaut que nous sommes capables d'en inventer un nouveau, un corps plus que, un corps plus que beau, un corps de Christ, mais à la peau si ferme que la couronne d'épines ne la blesserait pas, pas plus que les clous ne pourraient la transpercer. Imaginez à quel point le *David* aurait été plus beau si Michel-Ange avait été manchot. Et la Vénus de Milo.

Longue passe de Nœud en direction du gardien. Le ballon est parti de travers et a explosé rouge sur le menton d'Otávio, sa tête a été projetée en arrière, il est tombé. Quand ils sont allés voir, il avait la bouche pleine de sang. Il s'était mordu la langue, mais a fait un geste, c'est rien, c'est rien, les dents sont toutes à leur place, reprenons le match. Il a craché, regardé son sang sur l'asphalte. A esquissé un sourire tout taché de rouge. Quelqu'un lui a tendu une main et il l'a prise pour se relever, son ventre suant s'est froncé en de petits plis. Poitrines et ventres se sont frôlés dans une accolade rapide, bras, tapes sur les épaules, gouttes de sueur et c'est reparti. Oh, la peau. Allez, vas-y, sale enculé de merde ! Mollets et yeux. Le gémissement sec du ballon botté, *kaï*.

But d'Iguatemi, de l'équipe d'Otávio, le ballon est passé entre les jambes de Cosmim, le plus mauvais défenseur du monde. 7 à 3.

Iguatemi, as du ballon, allure militaire, ventre rentré, poitrine bombée. Sur l'échelle sociale du quartier, il se situait juste en dessous de moi. Son père était fonctionnaire : propriétaire de sa maison, une vieille voiture, mais les enfants ne manquaient de rien. Les autres se fichaient de lui quand il arrivait bien peigné ou quand il prenait des airs, comme si les aisselles de ses T-shirts blancs ne jaunissaient pas comme celles de tout le monde.

Je l'ai recroisé il y a une dizaine d'années. Nous sommes allés boire une bière tous les deux, à contrecœur, juste histoire de ne pas déshonorer le ça-fait-un-bail. Il n'a finalement pas pu s'engager dans la marine. Il avait pris du poids et développé des protubérances, comme *senhor* Arturo l'Espagnol, sa peau verruqueuse ressemblant à un vieux bout de gingembre. Il m'a expliqué que c'était une maladie. Il m'a expliqué qu'il ne s'était pas marié. Il a vécu chez sa mère jusqu'à sa mort et ensuite, et ensuite, et ensuite. Maintenant il n'arrivait à baiser qu'avec des putes, il ne savait plus parler aux vraies femmes. Il a parlé de TV, de l'actualité, il a parlé de politique. Pour lui, tout était gangrené ces temps-ci, il fallait tout arrêter et repartir à zéro. Sauf que les Brésiliens étaient un peuple d'abrutis. Ce qu'il fallait, c'était une bonne guerre civile. Il a parlé de foot aussi, mais il n'a pas parlé de ce jour-là. (Un typique T. de M. Jr ♂.)

Une brève accolade d'au revoir, la promesse de reboire un verre. Il est probablement mort à l'heure qu'il est.

Le match s'est terminé sur le score de 9 à 5 pour l'équipe d'Otávio, avec six buts d'Iguatemi. Le meilleur buteur de l'autre équipe, c'était Nœud, avec quatre buts. Personne ne pouvait l'arrêter non plus, il se faufilait au milieu de la défense ; face au gardien, une frappe rasante et le ballon était dedans.

Après ça, ils sont venus s'étendre à l'ombre autour de moi. La joie palpitant dans les jambes, du sel sur les lèvres. Leur petite tête tournoyait sous l'effet de l'effort et du plaisir. La chaleur des huit corps formait une masse d'air chaud qui planait à quelques centimètres du sol et nous enveloppait tous. Soudain ils ont éclaté de rire, commenté une attaque en hurlant, hahaha, t'as vu ça, Camilo ? J'avais tout vu. Pile entre les jambes. L'odeur de la sueur salubre. De ceux qui sont en bonne santé.

Puis les sujets les plus divers : le père d'Iguatemi avait acheté une TV et la mère de Baleineau, qui venait de gagner au *jogo do bicho* (en misant sur le millier de l'autruche : 1404, je me rappelle bien), envisageait d'en acheter une aussi. Quoi, tout le monde va avoir la TV maintenant ? Tiziu a dit qu'il ne pourrait jamais en avoir une. Autre sujet : le ventrissime de la sœur enceinte de Tiziu, qui attendait peut-être des jumeaux ou un monstre géant. De quelle couleur était le caca de bébé ? Marron ? Un marron qui ressemble à la peau de qui ? Et tous ont mis leurs bras dans le cercle pour comparer. (Je ne me souviens pas du verdict.) Après ça, il y a eu une longue discussion sur les différents types de pétards : les à mèches, les à frotter, les mitraillettes, les en batterie.

Est-ce que quelqu'un était déjà allé dans un bordel ? Hihirires.

Quelqu'un connaissait ce type, Adriano ?

Je leur ai dit ce que je savais : c'était le mari de Paulina. Pour essayer d'avoir plus d'informations, on l'a à nouveau décrit : les traits de son visage, sa démarche, ses bâtons de cannelle cloués au bec, il allait toujours au cinéma, on dirait qu'il se lave jamais, il ressemble à l'explorateur portugais Pedro Álvares Cabral, a dit Cosme avec un air de philosophe. Pedro Álvares Cabral ? Mais pas du tout ! Putain, Cosme, t'es vraiment trop con, qui peut savoir à quoi ressemblait Pedro Álvares Cabral ?

Le nuage de chaleur paraissait ne pas vouloir refroidir.

Il était étrange de voir comment les amis du quartier traitaient Cosme. De temps en temps ils lui jetaient du sable pour plaisanter, lui faisaient des croche-pattes, le traitaient de con, chaque fois pour rigoler, et lui il le prenait en riant. Je ne me rappelle pas avoir vu de disputes sérieuses entre eux, jamais ils n'ont plaisanté sur la condition d'orphelin de mon ami, seulement ils le considéraient comme un animal presque inférieur, surtout quand il s'agissait de foot ou de femmes. Je savais que dans cette bande il n'était pas le leader, mais à la maison, c'était le seul mâle jeune en bonne santé, nous le respections. Le voir se faire chahuter par des gamins plus jeunes me fendait le cœur. Un peu comme la scène dans *Les Ponts de Königsberg*, la seule dont je me souvienne de tout le film : un garçon se promène dans la ville avec son père. Ils passent sur l'un des ponts où le père croise le chef du service où il travaille. Le chef l'humilie, lui crie dessus, tape sur son chapeau, sans aucune raison particulière, juste parce qu'il se trouvait en présence de l'enfant, je pense.

Le père ne réagit pas.

34

Les garçons avaient cessé de ruisseler. La sueur, qui en séchant était devenue du sel fin, recouvrait leur peau métisse et noire d'une couche de poudre blanchâtre. Le nuage de chaleur qui nous enveloppait, dégagé par ces mêmes corps, se dissipait lentement, laissant place à la chaleur non humaine et plus ventilée de la rue. De temps en temps, l'un d'eux frissonnait. On était tout près les uns des autres, sans que personne ne dise quoi que ce soit depuis plusieurs minutes. Des crocodiles après le déjeuner, repus, se prélassant à l'ombre, ne voyant presque plus l'intérêt d'une si longue existence.

Allongé sur le dos, les jambes doublement entortillées, Nœud a allumé une cigarette. Il a recraché la fumée vers le haut, de manière sultanesque. Moi, j'avais un peu peur de lui. (À ce moment-là, je me souviens, je me disais qu'il serait capable de broyer les doigts de sa femme, de me balancer dans une rivière pleine de crocodiles au Bosque da Barra, de donner un coup de pied dans les côtes d'un chien. Mais non, Nœud était un amour. Plus tard il est devenu infirmier. Aujourd'hui, il travaille à l'hôpital général de Bonsucesso. Célibataire endurci. Un typique E. V. ♀.)

Sans un mot, Otávio s'est levé et s'est dirigé vers l'ancienne *senzala*. Zetimó lui a emboîté le pas, Cosmim les a suivis. J'y suis allé à mon tour, sans savoir pourquoi. On y est tous allés, à l'exception de Nœud, qui est rentré chez lui : il savait ce qui allait se passer et n'avait plus l'âge pour ce genre de choses.

Je sais que c'était l'après-midi, mais je m'en souviens comme si c'était la nuit ou comme si on était plongés dans une ombre dense, verte. Forêt. Huit garçons en cercle, dans un coin de la *senzala*, la bite à l'air, une cigarette éteinte entre les lèvres, comparant la taille, l'épaisseur... Bestioles volantes, forêt. Forêt humide. Des libellules ? Je n'ai pas le souvenir de libellules. Brouillard épais. Frissons. Forêt, herbes emmiellées. Au milieu des murmures, quelqu'un a craqué une allumette. De temps en temps, de grosses tapes sur ses propres cuisses et sur son cou pour tuer des insectes. C'était une Amazonie miniature : terre, troncs, mousse et plantes grimpantes. Forêt, sable, vapeur, brindilles, limon, fleurs délicates. Forêt inextricable, branches et lianes enchevêtrées – le tout entassé comme le petit château d'un dieu enfant.

Je ne connais presque aucun nom d'animal, mais il y avait là un insecte qui faisait un bruit de cigale sans que ce soit une cigale, c'était le vrombissement d'une hélice, d'un monomoteur de deux centimètres. Des hannetons, des coccinelles. Il y avait des lucioles aussi, mais elles ont aujourd'hui quasiment disparu. Des opossums, des souris, des cafards de terre et des cafards d'égout.

Zetimó et Iguatemi ont entendu quelque chose et rompu le cercle, bondi sur le côté tels qu'ils étaient, la bite à l'air. Iguatemi tenait à la main une machette, sortie de nulle part, et Timó le couvrait, regardant devant lui, sautillant comme un boxeur.

Fsst fsst : Iguatemi a plongé deux fois sa lame sur le sol, dérangeant les branches sèches. Quand la chose a de nouveau bougé sous les feuilles, il a tailladé de plus belle.

C'est Zetimó qui l'a ramassé : un serpent, désormais amputé de la tête et d'un bout de la queue, qui dégoulinait de sang. Ni l'un ni l'autre n'étaient le genre d'hommes à craindre les serpents, c'étaient des tueurs chevronnés, la zigounette pendante, qui nous regardaient comme sur une photo de fin de partie de pêche. Applaudissements discrets, félicitations murmurées à voix basse.

Le cadavre du serpent a été jeté loin.

De retour dans le cercle, silence. Les doigts et les poings se sont mis à bouger, à retrousser les prépuces, les petites têtes molles devenaient dures, moi je me disais que cela devait faire mal. Gémissements feints. Nous étions les complices du crime le plus pur, le crime que rien n'entache, le crime le plus immaculé de tous. Bouffées de cigarette, toux (personne ne savait fumer à part Nœud, qui était plus âgé, mais qui refusait de nous apprendre).

J'observais, confus, je procédais différemment. Mais Cosmim est venu à ma rescousse. « Regarde », a-t-il murmuré avec son visage, et il m'a montré comment m'y prendre, la tenir comme ça et bouger la main. Comment avais-je pu ne jamais y penser ? Faire glisser le petit bout de peau ! Et, avant que je ne commence, quelqu'un avait déjà joui. Deux, cinq gouttelettes aussitôt bues par la terre noire. C'était Otávio ; il a remonté son pantalon, nous a tourné le dos, puis il est sorti en fumant sans avaler la fumée, sans un mot.

L'un après l'autre on a joui et ciao, sans un mot. Tout cela n'a pas duré plus de six minutes.

Ça a eu lieu il y a près de quarante ans. Chaque fois que je passe devant l'ancienne *senzala*, je me souviens de ce silence. On n'en a naturellement jamais reparlé, mais cet orgasme muet a scellé notre amitié.

J'ai moi aussi été bu par la terre noire.

Le lendemain, ils ont mis les chiffres à jour. Iguatemi : 433 serpents tués ; Zetimó : 297 serpents tués ; les autres : 0 serpents tués. Plus il est coloré, plus le serpent est venimeux.

35

Au fil du temps, l'image de mon Cosmim s'est estompée. Je ne me rappelle plus très bien ses traits, uniquement les contours, des bribes réchauffées des millions de fois dans mon imagination : sa tête quand il a goûté la citronnade sans sucre, la grimace de la première fois. Son sourire fatigué à la fin d'un match. Ses sourcils au point mort lors d'un après-midi d'ennui. Ses yeux prédateurs à la poursuite de Joana. La solidarité sur ses lèvres quand il m'a appris à jouir… J'ai si souvent évoqué ces souvenirs que je ne vois plus le visage fait de chair et de cartilages de mon ami, mais une image élimée, enfouie sous quatorze mille ressouvenirs. Et même son visage flou se dissipe dans l'écume, petit museau d'hippopotame qui s'enfonce dans l'eau vaseuse. (Je n'ai jamais vu d'hippopotame, pas même au zoo. Uniquement à la télévision.)

Une photo me manque vraiment.

Hier j'ai rêvé de lui. Son visage était reconnaissable, mais il était plus vieux, creusé de rides sombres. Il était enceint, très enceint, comme la sœur de Tiziu. De jumeaux. Nous faisions l'amour, lui sur le côté, se touchant le ventre, il avait l'air de s'ennuyer. Ou alors c'était la nausée. Ou bien de la rancœur parce que je n'avais pas honoré une ancienne promesse. Il était très froid et cela me blessait. Nous vivions ensemble à Jacarepaguá, près d'une place gris et jaune dont les arbres étaient rachitiques parce que leurs racines pompaient l'eau des égouts. Les maisons étaient garnies de barreaux. J'ai aimé Cosmim comme vous avez aimé votre premier amour, qui s'appelait Bruno ou Pablo ou Ilych, Ricardo ou Rhana, Luciano, Eduardo, Diego ou Carlos Octávio, Kátia, Mariana, Lucas, Marisa ou Carlos Eduardo, Rafael, Raí ou Solange, ou Luíza, Fabiana, Adolfo, Lígia, Joana, Érica, Mateus. Je l'ai aimé comme Lucas a aimé Sophia et Daniel a aimé Gabriela. Comme Denilson a aimé Raiane, comme Aline a aimé Michael, comme Raquel a aimé Guilherme, qui est mort d'une méningite. Comme Dimitri a aimé Cristina ou Estefânia, comme Lucas a aimé Ana Carolina, et Ana a aimé Murilo. Comme Carolina a aimé Victor, Marília a aimé Leonardo, Rodrigo a aimé Amanda, Marcelo a aimé André, Nathalia a aimé Rodrigo, Marianna a aimé Cadu, et Laura a aimé Antoine. Comme Fernando a aimé Clarissa, et Daniel a aimé Gustavo, comme Thiago a aimé Diego, et Domingos a aimé Inês, comme Leandro a aimé Cynthia, et Marcos a aimé Daisy, comme Sylvio a aimé Maria Beatriz, et Júlia a aimé Fernando, comme Sofia a aimé un autre Fernando, surnommé Xina. Comme Cecília a aimé Natanael, et Mirna, Jean. Comme Matilde a aimé Maria, et Fabiano a aimé Suzi, comme Dinah a aimé Cláudio, et Carla a aimé Ademar. Comme Franklin a aimé Leônia, comme Rodrigo a aimé Flora, comme Guilherme a aimé Thiago, comme Luca a aimé Ana, comme Aparecida a aimé Renato. Je l'ai aimé comme Felipe a aimé Gabriela, comme Mauro a aimé Olívia, comme Felipe Augusto a aimé Pedro, comme Natália a aimé Juan. Luciane a aimé Jefferson et Otávio a aimé Rui comme moi j'ai aimé Cosmim. Ana a aimé Rodrigo comme moi j'ai aimé Cosmim. Danilo a été aimé de Mayara, Luis a été aimé de Lorena, Vinícius a été aimé d'Ana Luíza, et Théodore a été aimé d'Eugénie comme moi j'ai été aimé de Cosmim. Roxana a aimé Eduardo, Renato a aimé Roberta. Jorruan a aimé Késsia, mais c'était un amour platonique. Jorruan a aimé João. Julia a aimé Gabriel, Giovani a aimé Alan, Patrícia a aimé Elisabete comme moi j'ai aimé Cosmim, comme Márcio a aimé Gilsinho, et Tarik a aimé Ana. Cristina a aimé Xan, Roberta a aimé Marcus Vinicius, Graziela a aimé Paulo, Isabel a aimé Felipe, Maria a aimé Anselmo. Moi j'ai aimé Cosmim. Karina a aimé André, Luis Felipe a aimé Joaquim, Guilherme a aimé Marianne, Leonor a aimé Marcos, Pacelli a aimé Erick, Amanda a aimé Maíra. Moi j'ai aimé Cosmim. Sandra a aimé Luís, Jean a aimé Aloísio, Ricardo a aimé Sara, et Isabella a aimé Victor, l'auteur de ce roman. Moi j'ai aimé Cosmim comme Bárbara a aimé Guilherme, comme Johnny a aimé Mariana, comme Douglas a aimé Ana, comme Gustavo a aimé Raquel, comme João a aimé Victoria, Eudes a aimé Gilberto, comme Kamila a aimé J. Luiz, comme Diego a aimé Olímpio, comme Paulo a aimé Isabel, comme Gedion a aimé Renié, et Tiago a aimé Jéssica. Moi j'ai aimé Cosmim. Comme Jeannie a aimé Murilo, moi j'ai aimé Cosmim. Comme Márcio a aimé Gustavo, moi j'ai aimé Cosmim. Comme Mariana a aimé Adriano, comme Camila a été aimée de Glauber, comme David a aimé Lele, comme Raíssa a été aimée d'Otávio. J'ai aimé Cosmim comme Juliana a aimé Laura, comme Melissa a aimé Tales et Guilherme a aimé Dolores. Kemy a aimé Felipe, Ellen a aimé André, Amanda a aimé Fábio, Mariano a aimé Joana comme moi j'ai aimé Cosmim. Clarissa a aimé Rafael, Alice a aimé Bernardo, Daniela a aimé Ricardo, Thiago a aimé Natália, Priscila a aimé Andreas, Diogo a aimé Luciana, Leonardo a aimé Ícaro comme moi j'ai aimé Cosmim, pour la première et unique fois. Marília est aimée de Leonardo et moi j'aime Cosmim. Sérgio a aimé Greice, Julia a aimé Leonel, Pedro a aimé Maurício, Luiz a aimé Ana, William a aimé Karina, Mariana a aimé Paulo, Leonardo a aimé David. Moi j'aime Cosmim. Isabela a été aimée de Diego, Pedro a été aimé de Julia, Luís Felipe a été aimé de Carolina, comme j'ai été aimé de Cosmim. Fernanda a aimé Valentim, Cristiano, Christian, Álvaro, Ulisses, Eduardo et Dimitri, tous pour la première et unique fois. Cristiane a aimé Leandro, Priscilla a aimé Felipe, Raquel a aimé Leandro, Manoela a aimé Gustavo, Aline a aimé Maikon, Mariana a aimé Marcelo, Pedro a aimé Flávio comme j'aime Cosmim. Natasha a aimé Igor, Iris a aimé Felipe, Lucas a aimé Gustavo, Ana a aimé Carlos et Guilherme a aimé Camila. Maísa a été aimée d'André, Diana a été aimée de Kleber, Jefferson fut le premier amour d'Isadora, Lucas fut le premier amour de Fernanda, Caio fut le premier amour de Mariana, Maria Barbara fut le premier amour de Diogo. J'aime Cosmim comme Amanda a aimé Michael, et Gisele a aimé Jean, comme Suzane a aimé Rodrigo, et comme Flávia a aimé

Rodrigo, comme Chiara, Laia et Li Xim ont été aimées du même Gregório, comme Williams a aimé Natália, comme Francesca a aimé Massimiliano. Liliane a aimé Manuel, Catarina a aimé Eduardo, et le premier amour d'Achilles fut Suzane. Moi j'aime Cosmim. Paola a aimé Anna, Mariana a aimé Rafael, Juliana a aimé Pedro, Tatiana a aimé Gabriel. Moi j'aime Cosmim. Le premier amour d'Eduarda fut José, et celui de Bárbara, Flavinho. Moi j'aime Cosmim. Jéssica a aimé Mariana, Luana a aimé Tiago, Mariana a aimé Clarissa, Carolina a aimé Gustavo. Moi j'aime Cosmim. Andrea a aimé Sérgio, Ingrid a aimé Jonathan, Daniela a aimé Maurício, Lola a aimé Elisa. Moi j'aime Cosmim. Luciane a été aimée de Rafael, Felipe a été aimé de Luana comme j'ai été aimé de Cosmim. Arthur a aimé Andréia, Lorena a aimé Antônio Carlos, Laíza a aimé Vitor, Petra a aimé Thomas, Zeone a aimé Rafaela, Christina a aimé Jairo, Fábio a aimé André comme j'aime Cosmim. Juliana a aimé Caio, Ana a aimé Álvaro, Daniela a aimé Jorge, Hellen a aimé Lilian. Moi j'aime Cosmim. Patrícia a aimé José, Danielle a aimé João Pedro, Tatiane a aimé Marcos, Márcia a aimé Gilberto, Leusa a aimé Carlos Eduardo, Ronaldo a aimé Ângela, Kazue a aimé Renato, Márcia a aimé Cynthia comme j'aime Cosmim. Ana a aimé Rafael, Paula a aimé Márcio, Tânia a aimé Fernando, Tatiana a aimé Gladson. Priscila a aimé Wilken, Bianca a aimé Bernardo, Sheyla a aimé Agostinho, Lucila a aimé Cadu, Alberto a aimé Marta. Messias a aimé Beatriz, Natália a aimé Gabriel, Cecília a aimé Gustavo. Moi j'aime Cosmim. Comme Beatriz a aimé Lorenzo, j'ai aimé Cosmim. Comme Luciana a aimé Roberto, j'aime Cosmim. Gilberto a aimé Eda Lúcia, Luciana a aimé Roberto, Marcelo a aimé Luciana, Letícia a aimé Wanderley, Mayara a aimé Guilherme. Moi j'aime Cosmim. Tatiana a aimé Alberto. Douglas a aimé Bruna, José a aimé Maraísa, Renata a aimé Bruno. Moi j'aime Cosmim. Daniel a aimé Leilane, Ricardo a aimé Gabriel, Carla a aimé Silvana, Camila a aimé Mateus, Francisco a aimé Mariana, Rúbia a aimé Estêvão. Moi j'ai aimé Cosmim. Luís a aimé Nayanne, Thiago a aimé Luciano, Fernanda a aimé Julia, Marcos a aimé Beatriz. Vanderson a aimé Júlio César. Moi j'ai aimé Cosmim. Comme Orlando a aimé Ana, et Marta a aimé Fernando, comme Caco a aimé Bia, et Daniel a aimé Fernanda, Rodrigo a aimé Douglas, et moi j'ai aimé Cosmim. Renato a aimé Débora, Suzana a aimé Frederico, Amanda a aimé Hudson, María a aimé Jorge, Ethel a aimé Décio, Rachel a aimé Petrônio. Comme Ana a aimé Rafael et Ana a été aimée de Marina, comme Afonso a aimé Tiago, comme Márcia, Luciano, Hugo a aimé Jonny, et moi j'ai aimé Cosmim. Daniel a aimé Maria, Ricardo a aimé Karina, Abyellyes a aimé Poliana et Alessandra a aimé David. Comme Anna a aimé André, et Ana a aimé Carlos, moi j'aime Cosmim. Comme Alice a aimé Quequi, comme Bárbara a aimé Henrique, comme Lídia a aimé Gabriel, comme Marina a aimé Rafael, comme Lívia a aimé Francisco, comme Karina a aimé Ricardo, comme Cassiano a été aimé d'André, comme Eduardo a été aimé de Samara, moi j'aime Cosmim. Comme André a aimé Luca, comme Tayana a aimé Nanda, moi j'aime Cosmim, le premier et le seul.

36

Le propriétaire de la boulangerie Flor do Queím s'appelle *senhor* Xande. Alexandre Matias, surnommé le « Ruskov » ou le « gringo », comme c'est le cas de tous les gens qui ont la peau claire (ici, on dit « je vais chez le gringo », jamais « je vais à Flor »). Il m'a raconté être le petit-fils d'un boulanger russe et le fils de Iansã, la déesse des vents. Bedonnant, pâteux, couvert de taches de rousseur, le nez rouge et gonflé des alcoolos. Les cheveux poivre et sel en bataille, l'ongle de son auriculaire gauche très long – pour se curer le nez. Il semble être un homme intègre comme on n'en fait plus, habité par les démons qui s'agitent dans le sang des Russes. Il est si imposant que c'est toujours lui qu'on regarde en premier, quelle que soit la personne qui se trouve à côté.

Il se tenait debout à la porte de sa boulangerie, étranger à tout comme le père du monde : un pantalon de survêtement gris, une chemise bordeaux et les cheveux ébouriffés par les tracas matinaux. Arôme de pain chaud (LE MEILLEUR PAIN FRANÇAIS DE LA RÉGION, dit l'enseigne). À l'angle de la rue, un autel garni d'offrandes : pots en terre remplis de farine de manioc, cuisses de poulet séchées, bougies rouges, cartes à jouer, sept de carreau, sept de pique, sept de trèfle. Entre la *macumba** et le Ruskov, Renato m'attendait.

Un T-shirt noir estampillé COMPANY avec des lettres en feu, un jean délavé, des fringues de gosse de riche des années 90, probablement de seconde main. Une casquette à la visière étroite en ∩ sur laquelle on lisait : GODIM CONSEILLER MUNICIPAL 18.926. Du déodorant trop fort pour un garçon qui n'a pas de poils aux aisselles.

Quand il m'a vu, il m'a fait un large sourire. Il a tendu la main, je l'ai serrée, mais j'ai compris au balancement de son corps qu'en réalité il aurait aimé que je le prenne dans mes bras. Il voulait aller au cirque, le cirque Garcia était de passage à Queím, on y va, on y va ? Je lui ai expliqué que je ne pouvais pas, que j'étais vieux, infirme, que je n'avais plus d'énergie. Il arrive un âge où on ne peut plus être respectable en public. Bon mais il pouvait venir chez moi regarder la TV.

LUI : On a la télé à la maison…

Il est quand même venu.

J'ai acheté du pain chaud, de la mortadelle coupée en tranches très fines, du beurre artisanal (de la marque Flor do Queím, vendu en boîte) et du Coca. Il est en train de manger, me tournant le dos, les yeux rivés sur le téléviseur. La chaîne éducative passe un documentaire sur les changements climatiques. Un désert qui engloutit le Mexique et une bonne partie des États-Unis.

… « 1 103 espèces auront disparu d'ici deux mille… »

Il a chaud. Il vient d'enlever son T-shirt. Un ours polaire à la TV, il montre l'ours et me sourit. Il est très maigre. Il a la même teinte de peau qu'avait Cosme, les mêmes mamelons couleur figue.

Je lui ai demandé s'il était déjà allé au zoo. Nan.

37

MOI : Tu sais que j'ai connu ta grand-mère ?

RENATO : (!)

Il n'a pas quitté la TV des yeux, mais j'ai vu ses épaules tressaillir de surprise.

MOI : La mère de ta mère. Elle travaillait chez nous quand j'avais ton âge.

RENATINHO : (*me tournant toujours le dos*) J'te crois pas.

MOI : J'ai connu ta mère aussi, mais elle était plus jeune que moi. Tu te souviens de ta grand-mère ? C'est elle qui t'a élevé jusqu'à… (*Pause.*) Ton grand-père, je l'ai connu aussi. Il aimait aller au cinéma.

LUI : Moi pareil. J'y suis allé un milliard de fois.

MOI : C'était une personne ordinaire, ta grand-mère. Sans intérêt, je dirais. Je ne peux pas te raconter grand-chose sur elle, ça n'avancerait à rien.

LUI : Hmm… ?

TV : … des vents arctiques balaient la terre…

(*Pause.*)

MOI : Tu sais à qui tu ressembles le plus ?

LUI : À qui ?

MOI : À ton grand-père. Le père de ta mère. Il passait son temps à sucer des bâtons de cannelle. (*Renato hihirit.*) C'est vrai. Comme un cigare. Hé ! Regarde-moi.

LUI : (*toujours scotché à la TV*) De quoi ?

MOI : Tu sais lire ?

LUI : Depuis super longtemps.

MOI : Je suis en train de transcrire notre conversation. Après je noterai qui a dit quoi et la façon de parler de chacun.

LUI : Pour quoi faire ? Effondrement irréversible.

TV : … des écosystèmes vont subir un effondrement irréversible…

MOI : Combien de fois tu l'as vue, cette émission ?

LUI : Deux fois. La dernière fois que j'suis venu ici, ils l'ont passée, tu t'rappelles pas ?

C'est très étrange.

LUI : Deux fois. Le mont Ki-dji-man…

TV : … le mont Kilimandjaro n'a plus de neige éternelle…

MOI : Hé. (*Pause.*) Regarde-moi.

38

Voici ce que je vois à présent : sur le mur de droite, mes livres empilés dans une vitrine fermée à clé. J'aperçois la couverture vermoulue de *La Vengeance du Juif*. Je ne l'ai jamais lu. Au fond du meuble, le miroir ne voit pas la lumière depuis des années (en tout cas, il est piqué de taches de rouille). À côté de la vitrine, Renato, torse nu, regarde un documentaire sur la défaite du Brésil lors de la Coupe du monde de 1950. Sur l'écran le mouvement l'hypnotise, ses épaules suivent les joueurs qui courent après le ballon comme si elles étaient attirées par de faibles aimants. Sur les vieux enregistrements, les joueurs courent beaucoup plus vite – des footballeurs busterkeatoniens.

MOI : Tu ne sais pas qu'on l'a perdue, celle-là ?

Il ne m'entend pas.

Par la fenêtre, un nuage de poussière beige voile l'immeuble d'en face. Le nuage ne bouge pas. Il fait chaud, mais je ne sais même plus à quand remonte la dernière fois que je me suis senti suer. Je sue très peu. Mes T-shirts blancs n'ont jamais jauni sous les aisselles. Trois heures de l'après-midi. Qui sera le premier amour de cet enfant ?

Pour l'instant, il n'aime ni les filles ni les garçons. Mais le moment viendra où il les aimera. Le premier amour est le seul. Les années, le sexe et les petites constructions (enfants, accès à la propriété, compte épargne) nous font accepter plus facilement les copies délavées qu'on prétend aimer tout au long de notre vie, pourtant la tombe ouverte qui nous attend parle de cette absence. Le premier amour peut être le premier uniquement parce qu'il y en a un deuxième, bien entendu. (À la TV, but de l'Uruguay. Le petit le célèbre. Il ne sait pas qui est qui. Tout est en noir et blanc.) Cette béance de terre qui postillonne de pluie froide. Quand on lui donnera mon cercueil à manger, la mienne essaiera de crier le nom de Cosmim. Elle s'étouffera, mais les tombes ne toussent pas.

L'autre jour, j'ai lu dans le journal une interview d'un artiste, plus tout jeune, qui disait n'avoir couché qu'avec des femmes qui se ressemblaient : des blondes de petite taille avec un défaut quelconque au niveau de la bouche (bec-de-lièvre, cicatrices diverses, séquelles d'un AVC). Et il montrait les photos de ses trois ex-femmes et les comparait avec son épouse actuelle, photographiée assise bien droite, sourire coincé, à côté de lui. Elles se ressemblaient, avec leur bouche défectueuse, et étaient en tout point semblables à l'amour de jeunesse de l'artiste. J'ai trouvé que c'était de mauvais goût de publier cela, avec des photos et dans le journal du mardi, mais j'ai compris l'élan.

A. G. : *C'est donc une tentative de revivre le premier...*

B. C. O. : Ce n'est pas seulement cela. Comme les visages sont semblables, je peux me concentrer sur autre chose, car la toile de fond m'est familière...

39

RENATINHO : (*toujours scotché à la TV*) Y a un jeune qui a disparu.

MOI : Comment ça, disparu ?

TINHO : Disparu disparu, pouf…

À la TV, un documentaire sur les Indiens.

MOI : C'est qui ?

LUI : Un qui habite dans la rue de l'Almirante. Ils ont mis des photos sur les poteaux. Ils sont allés au centre commercial pour voir si quelqu'un l'avait aperçu.

MOI : Ça fait combien de temps ?

LUI : J'sais pas. J'ai joué au foot avec lui. Cinq fois.

TV : … les Indiens du Brésil : qui sont-ils ?

MOI : Si ça se trouve, il s'est juste enfui de chez lui.

LUI : Nan. (*Pause.*) Y en a un qui s'est enfui, mais çui-là…

Il a cassé son poignet pour indiquer que le jeune en question était pédé.

MOI : Son père l'a mis à la porte ?

Il ne sait pas.

MOI : Il est allé vivre avec son petit ami ?

LUI : Sûrement, ouais.

MOI : Un petit ami plus âgé ?

Il ne sait pas.

(Et si je prenais un taxi qui me déposerait à l'entrée du centre commercial ? Les portes automatiques s'ouvriraient, le souffle de la climatisation m'inviterait à entrer. Et si j'entrais pour voir comment réagissent les clients à la disparition du jeune en question ? Le sol en granit refléterait les tubes fluorescents, comme s'il était recouvert d'un film plastique. Des néons. Les mêmes enseignes que partout, les mêmes odeurs de n'importe quelle aire de restauration, des centres commerciaux de Leblon ou de Costa Barros.

L'espace haut de plafond ferait résonner pas, rires et conversations. Il y a tellement de gens qui disparaissent dans une ville comme Rio de Janeiro. Qui s'en soucie... ? Cette jeune fille, vêtue d'un legging de sport lilas, qui monte les escalators : elle ne s'en soucie pas. La quadra célibataire et fière de l'être qui lorgne les chaussures de la vitrine, elle ne s'en soucie pas. Le père qui essaie un échantillon gratuit de parfum avec son fils, il ne s'en soucie pas. Le fils, dès qu'il ira au lycée, ne s'en souciera pas non plus, pas plus que des enfants qui disparaissent, pas plus que de l'Amazonie, pas plus que de la couche d'ozone, pas plus que de quoi que ce soit. Seules les institutrices sont sensibles à ces choses-là, car elles doivent en parler dans leurs classes. En général, elles utilisent de grandes feuilles de papier Canson.)

40

Je suis allé me coucher tôt. « Tu peux rester ici autant que tu voudras », j'ai dit au garçon, qui a grogné un hum-hum sans détourner les yeux de l'écran de la TV (le documentaire sur les Indiens n'était toujours pas fini). J'ai changé de chaîne, il n'a pas protesté. Il m'a fallu quelques secondes à peine pour reconnaître le film : c'était *Les Ponts de Königsberg*. C'est un classique, je lui ai dit. À la fin, ce vieil homme qui porte un chapeau se jette du pont. C'est le père de ce garçon.

LUI : Pourquoi ?

Je n'ai pas eu le courage.

MOI : Pour nager dans la rivière.

LUI : Est-ce que le garçon va sauter aussi ?

J'ai remis le documentaire sur les Indiens.

Je me suis réveillé en me sentant malade. Je dois avoir de la fièvre.

J'ai rêvé que je marchais dans le cimetière de Queím, qui était en ruine, assailli par les plantes, les racines étranglant les pierres tombales. Je cherchais la sépulture de Maria Aína, laquelle, dans mon rêve, était la seule à savoir où gisait le corps de Cosme. Je ne la trouvais pas car beaucoup de gens étaient morts par-dessus ma nounou, qui avait fini par disparaître sous un tas de nouvelles pierres tombales, de terre et de fruits gâtés. Il y a beaucoup de papayers dans le cimetière. Qui mange ces papayes ? Dans mon rêve, je réfléchissais à la langue des cimetières, au discours redondant : de la poussière à la poussière, reposer en paix, revenir à l'endroit d'où l'on est venu.

C'est curieux car je sais exactement où est enterré Cosme.

Au milieu de la nuit, Renato est parti. Je crois qu'il est venu me dire au revoir, il me semble l'avoir vu debout près de mon lit, à demi souriant. Fallait pas que je sois triste, c'est ce qu'il a dit. Je lui ai demandé si ce n'était pas dangereux de sortir à cette heure-là et il a dit que le soleil se levait. Il a alors posé la main droite sur mon front et j'ai senti comme elle était douce et chaude. Je ne sais pas pourquoi il a fait ça, je suppose que lui non plus.

41

Une étrange odeur régnait à présent dans la pièce aux petits œufs. Maman s'y était installée, elle n'en sortait que pour aller aux toilettes et prendre une douche. Elle astiquait ses bibelots en faux or puis les regardait puis les astiquait puis les regardait puis buvait du vin, dormait, astiquait et regardait d'un œil sévère. Rien n'était jamais assez astiqué.

C'était le début de sa phase noire, tachée d'or maladif. Il n'y avait pas de fenêtres dans la pièce. Paulina, enceinte jusqu'au cou, lui apportait ses repas, essayait de ranger les tas de vêtements, de secouer les draps, d'aérer son corps caverneux. De temps en temps, je passais lui faire coucou ou un bisou et je sentais l'odeur. Ce n'était pas de la puanteur, ma mère ne puait pas : elle ne lésinait pas sur le déodorant au lait de rose ni sur le parfum franco-brésilien de contrebande acheté aux vendeurs ambulants de Cidade Nova. C'était l'odeur de toilettes désinfectées, mais fermées depuis plusieurs heures. L'odeur de dents presque gâtées, mais qui viennent d'être brossées.

(Elle échangeait quelques mots avec papa, oui, ça je m'en souviens. En fait, ils n'échangeaient pas vraiment. Chacun restait avec les mots de l'autre et ça s'arrêtait là. Les conversations n'existent pas, il n'y a que des monologues. Ils ne s'embrassaient pas. Je ne les ai plus jamais vus se tenir la main.)

Papa était souvent de garde et buvait pendant son temps libre. Soûl, il devenait tout vaselineux. Il n'arrêtait pas de parler et disait qu'il nous aimait avec ses lèvres douceâtres. Un jour, il s'est mis dans la tête qu'il allait nous construire une cabane dans un arbre, il a choisi un amandier de la rue et tapoté le tronc pour voir s'il résisterait. Oui, c'était bon ! Le lendemain, il s'est procuré planches, cordes et clous. Le troisième jour, il a dégrisé. Les planches ont été volées avant que la rosée ne les abîme.

Papa s'enfonçait parfois dans le silence et on voyait bien sur son visage qu'il souffrait, tout le monde pensait que c'était parce qu'il voyait mourir beaucoup de gens.

42

Nous étions assis sur le canapé, Cosme et moi, mes béquilles croisées, deux barres en fer reposant entre mes jambes. Comme tout le monde, nous avions un canapé à la maison. Trois places, un tissu rêche, couleur plomb velouté, acheté à crédit, bref un canapé décent de famille brésilienne. Je n'avais pas dû parler depuis quelques minutes, car Cosmim m'a demandé ce que j'avais.

« T'es triste ?

— Non.

— C'est à cause de la mort de la vieille femme ? (*Pause.*) C'est à cause de ta mère ? »

J'ai dit non et non, avant de replonger dans le silence.

J'étais en train de faire des calculs.

Je crois que c'est à cette époque que j'ai contracté la manie de calculer, de cataloguer et de classer les choses. Je me connais bien aujourd'hui, enfin, je sais que j'ai un œil clinique. Mais j'ignore à quel moment ça a commencé. Ça remonte à avant, c'était avant la mort de Cosme. Après qu'il a été assassiné, j'aurais pu devenir quelqu'un qui aime un peu trop les photos d'enfants, un victimiste, un bigot, un illuminé, un neurasthénique, mais non. Je suis ce que je suis, voilà. (Ex. : Un être humain verse en moyenne 121 litres de larmes au cours de sa vie. Son cœur bat 35 millions de fois par an.)

J'étais en train de calculer : quelle quantité de liquide séminal avais-je produite jusque-là ? Moins de la moitié d'un pot de gelée ? Plus d'un petit verre de cachaça ? Nœud buvait déjà de la cachaça, mais nous, on n'avait pas le droit. On n'était pas encore des hommes. Combien de litres de sperme un homme produit-il dans sa vie ? Un bidon de dix litres, une bouteille de soda au guarana ? Les garçons sont vraiment obsédés par ces choses-là... Cosmim a posé la main sur mon épaule, puis m'a passé ses doigts dans les cheveux.

« Allez, sois pas triste. »

Il a alors essayé de se glisser sur le dos entre mes bras, comme il m'avait vu faire le jour où papa avait appris la mort de son ami, sauf que les béquilles ont rendu la manœuvre malaisée. J'ai essayé d'enlever les deux barreaux du chemin, mais trop tard : il est aussitôt devenu timide et s'est éloigné. Il a souri, a héhéri et m'a répété :

« Allez, sois pas triste. »

43

Un jour j'ai vu ma mère nue. Elle sortait de la douche, sans serviette ni rien, toute ruisselante. Elle retournait en courant dans son antre, ses œufs en or lui manquaient. J'ai vu ses bourrelets ballotter malgré sa maigreur, c'était la peau flasque de ma mère qui dépérissait, une femme longiligne comme les duchesses d'Angleterre et un peu folle comme les reines du Portugal. Ses petits seins rappelaient ceux d'un gros garçon, qui n'en sont pas vu que c'est impossible. Son ventre de double mère pendait, ridé et glabre. Elle avait plus ou moins l'âge que j'ai aujourd'hui. Ses fesses de fumeuse, décharnées, rebondissaient : un, deux, quatre pas, puis maman m'a vu et a failli perdre l'équilibre en s'engouffrant dans sa chambre. De l'intérieur m'est parvenu un oh étouffé, elle a claqué la porte.

Je n'avais jamais vu de femme nue. Ça m'a rappelé un de ces tableaux modernes, quel était le nom de ce peintre déjà ? Je ne sais pas et ne vais pas chercher. C'est laid, mais c'est beau, comme ça, de loin. Tous ces détails décrépits. Varices, calvities, flétrissages, décolorations.

Après ça, elle ne m'a pas regardé en face pendant une semaine. Elle ne me parlait qu'à travers l'entrebâillement de la porte. « Maman a la grippe, mon chéri. » Elle ne voulait pas me contaminer.

44

J'ai repensé au jeune qui a disparu, qui jouait au foot ici dans les rues du quartier où l'asphalte n'adhère pas bien (exposé à la chaleur, l'asphalte dure moins longtemps, il crée des bulles qui éclatent et font des trous), entre les pick-up des années 70, les Chevrolet Monza à ailerons, les Ford Belina et les Volkswagen Brasilia, tous les tacots dont les quartiers de la plage ne veulent plus.

Où est passé ce jeune ? À Copacabana et Ipanema, où se trouvent les actrices et l'argent ? Soleil. À Humaitá, où l'on entend encore l'écho de la mer et où les miséreux essaient de s'accommoder des voitures, des restaurants, des jongleurs aux feux rouges ? Dans le centre-ville, près de Candelária, où la nuit les passants évacuent leur stress en caillassant les gamins des rues, éparpillant des bouts de cervelle partout ? Tout ça, je l'ai vu de mes propres yeux, je suis allé dans ces quartiers. J'ai vu le Christ Rédempteur de près. Où est passé ce jeune ? Il est là où les gros bonnets analysent et proposent des plans économiques aux journaux. Aucun lien de parenté sacré ou de compréhension, pas une once de pitié. Rien qu'une vieille faim lasse de carbone et de calcium, de chair et de dents.

Il s'est sûrement fait arrêter, le jeune.

Les gens disparaissent facilement.

45

Moins de deux semaines après l'enterrement de Maria Aína, Paulina a décidé de cuisiner de la langue de bœuf pour le déjeuner, exactement comme la vieille femme le lui avait appris. Au centre de la table, le plat ovale en verre, la sauce gadoue au fond, de la graisse brunâtre qui, en refroidissant, deviendrait de la gélatine. Cinq, sept, onze tranches de langue. Sur le moment, j'ai trouvé cela étrange, et je trouve toujours cela étrange. Le corps de la vieille femme n'avait pas eu le temps de refroidir et déjà ce morceau de viande chaude parfhumait dans nos assiettes.

Mon père, en bout de table, s'est léché les babines et a fait mmmh pour faire plaisir à la cuisinière. Moi à sa droite, Cosmim à sa gauche, « Assieds-toi, Paulina », a dit mon père, et elle s'est assise à côté de moi. Sans trop de manières. J'ignorais ce que déjeunerait ma mère, enfermée dans la pièce des petits œufs, mais je me souviens qu'à l'époque elle était accro aux graines de tournesol. Elle en mangeait comme une souris, recouvrant le plancher de coques.

Je l'ai entendue, je le jure. Qu'on ne vienne pas me dire que je n'ai pas entendu la langue murmurer dans mon assiette. Évidemment je n'ai pas compris ce qu'elle disait. Le bœuf mort. Le bœuf ou la vache ?

La peau de Paulina sentait la sueur sèche et le savon de noix de coco. Ses intestins devaient avoir la même odeur. J'ignore ce que mon père a vu chez elle pour continuer à la regarder et à lui sourire, à la regarder fixement et à lui sourire. Il lui a d'abord posé des questions d'ordre médical :

comment se passait sa grossesse, si elle avait des saignements, des nausées, des douleurs là… Elle souriait, embarrassée, et répondait « Allons donc, *senhor* Cruz ! » quand Papa lui a posé une question sur ses parties velues. Il riait.

« Et ton mari ?

— C'est pas mon mari, docteur.

— Bon…

— Bientôt.

— Il fait quoi ?

— Il travaille sur les chantiers. »

(Sous l'arôme écœurant de la cannelle, l'assassin sentait donc la sueur sèche et la poussière de ciment.)

Mon père a mangé. (Moi aussi. Nous avons tous mangé.) Puis il s'est excusé, s'est levé avant tout le monde. Il est passé derrière moi et m'a ébouriffé les cheveux. J'ai vu le sourire de papa reflété dans celui de Cosmim, qui renvoyait tous les sourires qu'on lui adressait, quelle que soit la personne. La main de mon père, encore en l'air, est retombée sur la nuque de Paulina, qui a frissonné tout entière, oh, *senhor* Cruz. Ils ont hihihiri.

J'étais furieux.

46

Nous passions beaucoup de temps dans le terrain de l'ancienne *senzala*. Peut-être trop. Un jour, on discutait, assis par terre en cercle. Des lames de soleil perçaient les broussailles humides, pénombre verte, bourdonnements. C'est à ce moment-là qu'ils m'ont chanté la version qu'ils avaient inventée du *Cours, l'agouti.*

Cours, l'agouti
le soir, l'après-midi
Cours, la fougère
chez ta grand-mère
Le mouchoir de ta sœur
est tombé dans le beurre,
jolie jeune fille
de mon cœur

Cours, l'agouti
j'ai baisé ta tatie.
Cours, la fougère
je baise pas ta grand-mère.
Le kiki dans la main
un tas de crottin,
jolie jeune fille
de mon cœur

La ronde de garçons s'est agitée, torse haletant, bras en l'air et mains applaudissant, fesses frottant le sol vers la catharsis. « Cours, l'agouti... », continuait la comptine, de plus en plus fort. L'un d'eux se lève et court autour de nous, derrière nous, imitant le jeu original. Des caresses furtives sur les oreilles et de petites tapes sur la nuque. Jurons, grosse rigolade. Moi je n'arrivais pas à rire ; j'affichais le sourire triste de ma sœur quand elle m'aidait à être moins infirme – sourcils tristes et solennels. Camilinho a zéro humour, fais pas ton relou, putain, « jolie jeune fille de mon cœur ». Ils en avaient d'autres, des tas de versions de ces comptines et des versions du même *Cours, l'agouti* (j'ai baisé ta tatie, j'ai chié dans ton lit, j'ai léché Magali, j'te fourre mon zigouigoui, j'ai tué ton petit...).

Ils recommençaient : « Cours, l'agouti... »

Les gens sont d'un ennui. Les artistes de la TV, les films de science-fiction et les séries policières, les napoléons, les sauteurs de pont et les poètes tristes... Ce sont les négatifs du même ennui, le revers d'une médaille qui a toujours été terne, bon sang de bois ! La vie de l'un est la même que celle d'un autre, ce qui change, c'est l'adresse. Et il n'existe pas tant d'éléments que ça dans l'univers, on peut tous les cataloguer. Du coquillage au pilonnage de Gaza il n'y a guère de différence. Écoutez, ondes et bombes sonnent à peu près pareil. Seuls trois cents gènes distinguent un homme d'une souris. Je me souviens d'avoir lu un jour : une armée de singes tapant au hasard sur des machines à écrire finira par écrire une œuvre de Shakespeare. Nous nous sommes beaucoup branlés dans ces broussailles. Les gars voulaient tout le temps aller chez moi pour se baigner dans la piscine, mais ils étaient trop gênés pour demander.

47

Voilà presque deux semaines que je n'ai pas vu Renato. Je commence à m'inquiéter. Je vais à la boulangerie matin et soir, et cela fait onze jours que le petit n'y est pas. Je ne sais pas, je pensais qu'il viendrait chez moi tous les jours, qu'il serait toujours en train de m'attendre, quelque chose de naturel, une amourette de quartier. J'ignore où il vit et qui est la femme qui s'occupe de lui. (Cela dit, obtenir l'information ne serait pas difficile.) Le gringo de la boulangerie ne sait pas, il ne l'a pas vu. Chaque fois que je lui pose la question, je regarde bien au fond de son visage russe, j'inspecte sa peau de poulet plumé, ses petites veines rouges d'alcoolique, son odeur de farine. Il a des yeux vert piscine. « Ce gosse n'a personne », il a dit. Il comprenait mon inquiétude. « On s'attache à ces morveux et après on souffre. »

Le gringo a une cicatrice juste au-dessous de l'œil gauche. Il a failli devenir aveugle. À cause d'un pistolet artisanal, d'après ce qu'il m'a raconté, une petite arme de gamins fabriquée avec des pinces à linge, une boîte d'allumettes contenant deux piles AA et une chambre à air. Ils l'ont touché au visage avant de détaler en courant. Ces gamins n'étaient pas de Queím. Des gosses. Il a ri de son rire caverneux en me racontant l'incident. Ces rues sont le Far West des enfants.

Il a remonté la jambe de son pantalon, manquant presque tomber la tête la première, et m'a montré une autre blessure, une plaie rouge béante au niveau du genou, dont les bords suintaient de pus. Un peu plus bas, sur son tibia, la cicatrice d'une blessure similaire, tout aussi mal soignée. C'étaient des tirs au lance-pierre de graviers de la taille d'une prune, ou de cailloux gris tachetés de noir. Ce sont les enfants du quartier, il m'a expliqué, sans parvenir à savoir de qui il s'agissait.

C'est à ce moment-là que j'ai compris que le gringo était la cible constante d'attaques, un molosse détesté sans raison. Une horde de gamins passent régulièrement en hurlant devant sa boulangerie et font pleuvoir des bouts de pain, des fruits, tout ce qu'ils ont sous la main. Un jour ils lui ont cassé la vitrine.

Et c'est l'homme qui fait le pain de tout le monde.

« Votre petit, non, il a dit. Lui, il prend même ma défense. »

48

De l'appartement d'en face, celui de Grumá, provient une samba étouffée. Je l'entends à peine, mais je sais qu'il s'agit de l'album de Nelson Cavaquinho qui commence par *Juízo final* : « *quero terrólhos para ver… a maldade desá… parecer*[1] ». Le soleil brillera à nouveau, et ainsi de suite. Il passe ce disque en boucle, il lui arrive de chanter, fort et faux, mais voilà plus d'un mois qu'il ne m'a pas adressé ne serait-ce qu'un bonjour. Je n'aime pas beaucoup la musique, mais Nelson j'aime bien. Je l'écoute tout le temps. C'est le seul disque que j'ai. C'est Grumá qui me l'a recommandé.

Aujourd'hui, il ne chante pas.

49

« Il y a un garçon ici pour vous, m'a dit le gérant de l'immeuble à l'interphone. Ici chez moi. » Je suis descendu aussi vite que j'ai pu, la porte du 102 était entrouverte, Renato assis sur le canapé, ventre sorti, menton rentré, en position de puni. Quand il m'a vu, il m'a adressé un sourire de triomphe et s'est levé pour me rejoindre. Le gérant l'a retenu en lui pressant fermement l'épaule.

Le petit s'était introduit dans l'immeuble, c'est ce qu'il m'a dit. Il a profité qu'un résident légitime entre pour se faufiler à l'intérieur. « Heureusement que le concierge l'a attrapé,

1. « Je voudrais avoir des yeux pour voir… le mal dis… paraître » – chanson *Juízo final* (Jugement dernier).

sinon qu'est-ce qu'il aurait fait ? Ces gamins des rues... vous ne pouvez pas, c'est pas bon pour moi, ce n'est pas bon pour la résidence. (*Pause.*) Quand il a mentionné votre nom, j'ai eu du mal à le croire. Vous n'avez jamais causé de problème, vous êtes un copropriétaire exemplaire. Vous avez ce visage symétrique malgré votre..., et puis vous avez l'air d'avoir bon caractère, vous connaissez Lombroso ? (*Il a essayé de me toucher le visage ; je me suis dérobé.*) Vous connaissez vraiment cet enfant ? D'accord, il ne sent pas mauvais, mais je ne suis pas idiot. Parfois ils ne font rien de mal, mais qui en mettrait sa main à couper ? Vous la mettriez, vous ? » J'ai pris le petit par la main. « Je le connais », et nous sommes partis sans mot dire. Le gérant de l'immeuble nous a regardés avec l'expression d'un chien de police tombé du fourgon.

Cet homme – qui s'appelle José Clay – est un genre évident de T. de M. Jr ♂. (À moins que ce ne soit quelqu'un de plus profond. Sous le squelette de notre personnalité et la couche adipeuse de nos manies, il se peut que nous ayons tous une âme de gérant d'immeuble.)

Je n'ai pas eu de nouvelles pendant vingt-trois jours. Entre-temps, Grumá a déposé une autre enveloppe avec quatre-vingt-dix réals dans ma boîte aux lettres (m'évite-t-il ? Pourquoi ?) ; j'ai attrapé et désattrapé la grippe ; le gringo de la boulangerie a encore reçu des jets de pierre (mais aucune vitre n'a été cassée). Où était le petit ? Personne ne peut imaginer les horreurs que j'ai imaginées. Je ne suis presque pas arrivé à m'occuper de mes affaires. Mais où était-il ?

« Par là...

— J'ai cru que tu avais disparu. »

Il a hihiri.

50

MOI : Tu as des copains ?

RENATINHO : Ouais, y a Manuca et y a Tiziu.

Pendant un instant, j'ai cru qu'il s'agissait du Tiziu que j'avais connu gamin, mais ce n'était évidemment pas le cas. C'est un surnom qui traverse les générations. La population de Tizius à Queím tourne toujours autour d'une demi-douzaine d'individus, quelle que soit la décennie. Je n'ai jamais vu l'oiseau qui est à l'origine du sobriquet. Il est d'un noir bleu et fait *ti-ziu, ti-ziu* (je l'ai écouté sur Internet), c'est tout : *ti-ziu, ti-ziu* toute sa vie. Lorsqu'une personnalité noire a du succès à la TV, le nombre de Tizius a tendance à diminuer, car les enfants trouvent d'autres surnoms : Tião Macalé, Mussum, Pelé, Vera Verão, Obama.

MOI : Et qu'est-ce que tu fais avec eux ?

RENATINHO : Ben de tout.

MOI : C'est chouette ?

RENATINHO : Ben ouais.

Il a allumé la TV. Un documentaire sur la vie marine. Au bout de quelques minutes scotché devant l'aquarium, il m'a demandé s'il m'arrivait de prendre le bus.

MOI : De temps en temps. Et toi ?

RENATINHO : Je l'ai pris quatre-vingt-deux fois.

MOI : Cette année ?

RENATINHO : Nan, en tout.

Il voulait savoir si j'étais triste quand les gens ne s'asseyaient pas à côté de moi dans le bus, parce que je suis comme je suis, il s'est rattrapé en racontant qu'un jour, dans le 367 (Queím-Praça XV), il a vu un homme très laid, le visage cousu de cicatrices. Le bus était bondé et personne ne s'est assis près de lui. Il ne sentait pas mauvais. Pas même la sueur. Il a décrit un tas de détails : ses vêtements, les poils gris de sa barbe naissante à la fin de sa journée de travail, la forme et la couleur de ses chaussures, sa cravate, mais ce que je me rappelle le plus, m'a dit le petit, c'est la façon dont ce monsieur a appuyé sa tête contre la vitre et a fermé les yeux, parce qu'il était triste.

51

Ça s'est passé en plein jour. À deux pas de la maison. Je me souviens du soleil sur mon front, sur mon cuir chevelu, sur mes bras, la peau moite de mes paumes collant à mes béquilles. L'éternelle brume de poussière beige. Mon premier baiser.

Nous marchions et nous nous sommes arrêtés à l'endroit de la photo, qui se trouve à quatre rues d'ici. Nous ne parlions de rien de spécial. Par contre, s'arrêter était un peu gênant, vu que nous n'avions aucune raison de ne pas continuer à marcher. C'est Cosmim qui s'est arrêté le premier, moi j'ai planté mes béquilles et je me suis équilibré avec une expression de question idiote. Silence. C'est là qu'il m'a embrassé. Il m'a pris les deux bras et m'a attiré vers lui (délicatement, pour ne pas me faire tomber), et moi je me suis laissé faire, style Bette Davis. Les petits bouts de peau durs de ses lèvres sèches m'ont piqué. J'ai passé ma langue dessus pour les ramollir. Goût salé. Il a ouvert la bouche, langue contre langue rappelant la langue de bœuf que préparait Maria Aína. Une fois passé la répugnance alimentaire, c'était comme si nous en avions toujours eu envie.

Plus jamais je ne me sentirais en confiance. J'en ai tout de suite pris conscience. Mon cœur s'est mis à tousser de l'air glacé dans mes veines. Panique enfantine de tout premier baiser. On éprouve la même chose plus tard quand on commence à payer ses propres factures. Un sentiment d'impuissance. La première maladie grave, impuissance. Aux anniversaires, surtout les changements de décennie, impuissance. Ensuite on s'habitue. Aujourd'hui, je vais à la boulangerie impuissant, j'achète du pain, impuissant, de la mortadelle, impuissant, du fromage, seulement de temps en temps, parce que c'est plus cher.

(Impossible que l'assassin se soit trouvé dans les parages à ce moment-là. Mais dans mon souvenir cette scène a une légère odeur de cannelle.)

52

Le lendemain, il a plu. C'était un lundi, et on était en août. Au petit matin, le ciel était clair, puis il s'est réchauffé, tellement réchauffé que vers neuf heures il a plu. Je ne me souvenais pas de la dernière fois qu'il avait plu. (Pas plus que je ne me rappelle depuis combien de temps il n'a pas plu ces jours-ci. L'air est constamment humide, mais il ne pleut pas. Le ciel, bleu piscine, est juste menaçant.) Une simple averse, assez pour rafraîchir les plantes et rincer les cafards morts qui repartaient dans les caniveaux.

Le soleil a de nouveau surgi. Et une idylle a commencé, la seule que j'ai jamais vécue.

À sept heures, Paulina est venue me réveiller pour aller au collège et j'ai fait semblant d'être malade, d'avoir la grippe, de tousser. J'ai geint. Elle a souri et dit que ça devait être vrai parce que le *senhor* Cosme avait bobo aussi, ce sont les mots qu'elle a employés : « *senhor* Cosme », « bobo ». Elle a cru que nous nous étions mis d'accord, mais ce n'était pas le cas. Elle a consulté mon père, qui a consenti. À ce que nous restions à la maison : un garçon, ça doit bien sécher les cours de temps en temps. Signe que nous nous considérions de plus en plus comme des frères. De bons camarades, c'est ce qu'ils ont pensé. De bons petits camarades.

Après la pluie, Cosme est venu me retrouver et s'est glissé dans mon lit. Il ne faisait plus aussi chaud. Sa langue était âpre et tiède, comme ses mains. Notre idylle prendrait fin exactement quatorze jours plus tard.

Toute idylle s'achève en tempête, et quelques heures à peine séparent l'inondation de la tempête. Le piètre état du tout-à-l'égout à Rio n'est un secret pour personne, les galeries souterraines, les maires vont et viennent… L'inondation se transforme vite en déluge, et le déluge en océan. Vient alors le deuil, lent et silencieux à la surface des eaux, mais fertile dans les profondeurs : des planctons apparaissent aussitôt, des coraux se forment, des poissons, des algues, des pieuvres naissent, des bancs de dauphins et de baleines crachent de l'eau dans l'air et les gens endeuillés reprennent vie au bout d'un certain temps. Moi je suis resté. Cosmim a disparu et je suis resté, tel le tentacule amputé d'une pieuvre, lequel, je l'ai appris en regardant le documentaire sur la vie marine avec Renatinho, continue de vivre, errant en quête de nourriture, même après avoir été mutilé. Quand il en trouve, il l'attrape et fait le geste de le porter à la bouche, comme s'il était toujours relié à son corps.

Aujourd'hui encore, je vis le deuil de la pieuvre, le deuil d'un morceau de pieuvre, un morceau un brin ridicule du reste, car les tentacules de la pieuvre se régénèrent comme la queue des lézards.

53

Le mardi, il n'y a pas eu d'échappatoire : collège (lui dans un, moi dans un autre). Il est venu me chercher à la sortie, avec un cadeau dans les mains. C'était un petit avion en plomb emballé dans un papier rose et de la ficelle de boulangerie : un Spitfire modèle MK I PR, type A, qui ne provoquait pas de dégâts parce qu'il n'effectuait que des vols de reconnaissance.

Je lui ai demandé où il l'avait trouvé et il a dit, en hahariant, qu'il l'avait volé à Iguatemi. Chez Iguatemi, dans sa chambre.

Iguatemi fils de pute. Iguatemi plus pauvre que moi. Iguatemi qui jamais ne deviendrait marin. Il pouvait crever par noyade. J'ai crevé de jalousie.

Avant qu'il ne meure, Cosmim m'a donné tellement de choses... :

2 galets troubles (les plus rares);

14 galets noirs;

1 vinyle trouvé dans une benne à ordures (Victor Talking Machine, avec le petit chien attentif au gramophone);

4 figurines représentant des tribus indiennes;

1 boîte d'allumettes Guarani;

3 chaussures dépareillées (2 de femme, 1 d'homme);

1 broche blanche;

1 chouette en porcelaine avec une oreille en moins;

12 boutons de vêtements de tous types;

1 béret marron;

1 livre de Darcy Ribeiro sans la couverture;

2 chemisiers de femme (rose et bleu);

1 numéro du magazine Septième Ciel avec Tarcísio Meira en couverture (« Regina Duarte dévoile la fin de Feu sur la Terre »);

1 boîte de biscuits sablés (j'ai gardé l'emballage);

1 fleur de lotos rouge (elle est restée entre les pages du magazine);

2 coussinets noirs de tampon encreur;

1 beignet de boulangerie (j'ai gardé la serviette, qui a perdu ses taches de graisse depuis bien des années);

1 épingle à tête rouge;

3 cassettes vierges (elles sont restées vierges).

Devant mon collège (lui, il allait dans le public), je lui ai dit que je ne voulais pas croiser les copains de la bande. Il a compris en souriant; il n'avait pas peur. « Qu'est-ce que tu veux, alors? » Je voulais qu'il me la suce encore molle et qu'elle devienne dure dans sa bouche. C'est ce que je lui ai répondu et la seule raison pour laquelle je ne l'ai pas regretté jusqu'à aujourd'hui c'est qu'il m'a dit d'accord, sans étonnement, sans insulte, sans ricanement. Mais cela ne s'est finalement pas passé. Ce jour-là, on a simplement oublié. Les douze qui ont suivi aussi.

(J'ai conservé tout ce qu'il m'a donné, ainsi que d'autres documents et bricoles. C'est dans une malle en bois et cuir, héritée de maman.)

54

Il voulait de la mortadelle, Renato, et du pain frais. (Il est tout le temps ici, maintenant. Il rentre directement de l'école, enfin quand il y va. Je ne l'oblige pas. La femme qui s'occupe de lui n'a pas cherché à savoir où il était passé. Il n'y a pas de photo de lui sur les poteaux ni d'expédition au centre commercial.) Je suis allé à la boulangerie et, à mon retour, il regardait une colonne de fumée s'élever sur l'écran de la TV. Nous sommes aujourd'hui le 13 août 2014. Il est 21 h 24 et le jet privé d'Eduardo Campos, candidat à la présidence de la République, s'est écrasé à Santos.

RENATINHO : Ça s'est passé à Santos. Santos, c'est à la plage de São Paulo.

MOI : De quoi s'agit-il ?

RENATINHO : Un hélicoptère s'est écrasé.

Je lui ai préparé son en-cas. Il a mangé, bu du Coca pour ramollir son pain-beurre-mortadelle, tandis qu'ils mettaient à jour les informations. (Dans l'appartement d'en face, Grumá écoutait l'album de Nelson Cavaquinho : « *Este mundo é uma escola… não te esqueças de aprender, meu amor…*[1] »). Ce n'était pas seulement un hélicoptère, mais un avion qui avait percuté un hélicoptère. L'armée de l'air confirme ceci, infirme cela. Il s'agit peut-être de l'avion du candidat à la présidence, ce n'est finalement plus un hélicoptère, mais juste un avion. Il s'est écrasé dans un quartier résidentiel, détruisant un gymnase et la maison d'une dame. D'autres maisons ? Les reporters ne savent pas. Apparemment, c'est le jet privé du candidat à la présidentielle. C'est ce que confirme un député du même parti, qui dit être un ami proche. Nous avons déjeuné (riz, nuggets au poulet, accompagnés de chips paille ; je ne sais pas cuisiner les haricots). J'ai beaucoup mangé. Mais comment ça se fait qu'il se soit écrasé ? Des experts sont invités à donner leur avis. Les recherches commencent. D'ici peu ils vont tous faire une déclaration. Certains pleurent lors des interviews. Un autre

1. « Ce monde est une école… n'oublie pas d'apprendre, mon chéri… » – chanson *É tão triste cair* (Il est si triste de tomber).

dit avoir retrouvé la tête du candidat, vu les yeux bleus du candidat. Je ne sais pas, je pense qu'il est important de le noter. Un avion s'est écrasé, l'avion était petit. Ce qui n'était que de la fumée en début de matinée est devenu, dans le temps de midi, un candidat à la présidence du Brésil.

RENATINHO : J'suis jamais monté dans un hélicoptère. Dans un avion non plus.

MOI : Et ça te plairait ?

Il a fait oui de la tête et a roté son Coca-Cola.

55

Mercredi. Dans la rue, le tapis du trottoir était déroulé pour Cosme et moi, qui avancions côte à côte. Devant nous, un autel attendait, composé uniquement de garçons, certains assis, d'autres adossés à la façade de l'ancienne *senzala*. Nœud fumait par la fenêtre éventrée. Mon fiancé a essayé de me prendre la main, mais les deux étaient occupées à marcher, béquilles, uniforme du collège, la peau empestant le matin rance – cours de maths, de portugais, contrôle surprise de géo. Je l'avais raté.

Le soleil était au zénith, mais il ne faisait pas si chaud que ça. Cosmim était plus confiant que moi. Il savait exactement quoi faire. Moi je devinais. Lui aussi portait son uniforme, il marchait à pas lents à côté de moi, d'une démarche valsante, comme s'il était vêtu d'une queue-de-pie, d'une cravate en or et de chaussures neuves, le torse bombé. D'un signe de la tête, il les a salués de loin, ils nous ont rendu notre salut. (Où se trouvait l'assassin à cette heure-là ?) Cosmim avait aussi eu une interro, d'histoire. Il était bon en histoire. Il n'a jamais su quelle note il avait obtenue. (Moi non plus. La principale de son collège a remis ses bulletins à mon père, mais les professeurs n'y avaient pas reporté les résultats. Seules celles des deux premiers bimestres y figurent.)

Je ne suis pas vilain. J'ai des traits romains, doux et arrondis, typiques de ceux qui ne manquent de rien, une petite bouche aux lèvres charnues, un joli nez qui de loin semble droit, mais de loin seulement. Je suis toujours allé régulièrement chez le dentiste. Des sourcils arqués et des cheveux bouclés, aujourd'hui plus sel que poivre. Ma peau, blanc marbre et striée de veines vertes, n'est plus trop lisse. J'étais un bel enfant, nous étions une belle famille. Cosmim et moi aurions donné le jour à un fils au visage de dieu égyptien.

Nous nous sommes tous les deux approchés des garçons (il n'y avait pas de fille). Il a serré mes mains dans les siennes et m'a embrassé en mode vous pouvez embrasser la mariée.

Ils sont restés un bon moment sans réaction, pétrifiés comme s'ils avaient vu un homme avec une tête de chien noire. En proie à la panique, j'imagine l'un d'eux bondir et me donner un coup de pied dans le genou gauche, casser ma jambe infirme ; un autre frapper Cosme sur le nez, l'obliger à ouvrir la bouche et frotter ses dents contre le mur crépi de la *senzala*. Je les imagine nous empoigner et nous verser de l'huile bouillante sur la peau. Nous enfoncer une énorme barre en fer dans les cuisses, nous attachant l'un à l'autre comme des jouets en plastique. Je les imagine se lever sans un mot, carrément déçus, et s'en aller, carrément répugnés. Ou essayer de nous parler, par amitié : mais si tout le monde était comme vous, l'espèce humaine ne se reproduirait plus !

Ou alors commencer à rire, hihirire, héhérire, haharire. J'imagine l'ancien bouillon d'horreurs dans lequel flottaient les têtes coupées et la chair des pédés brûlés sur le bûcher. La vieille soupe, réchauffée et ressalée à chaque nouvelle génération de garçons, depuis que le premier empereur de Rome a décrété que pour être pur l'homme devait être vierge, et doublement immonde était le mâle qui couchait avec un autre mâle.

Passé le choc initial, les visages se sont adoucis, se sont remis à bouger et se sont regardés. La situation exigeait colère, dégoût et moquerie, sauf que personne ne voulait faire le premier pas. Ils nous ont regardés. Nous, impassibles, les avons affrontés.

56

Puis Nœud a sauté dans la rue par la fenêtre, en jetant son mégot au loin (la petite braise a fait des étincelles sur l'asphalte). Le cœur général s'est préparé : ayé, c'était le moment. Ma vision s'est obscurcie sur les côtés, tant et si bien que seuls deux petits trous sont restés, fusil de chasse à canon double. Ils allaient tirer les premiers, je n'avais pas vu assez de westerns. Les pieds bien campés sur le sol, le sang pulsant dans leurs jambes, les garçons étaient prêts à l'attaque. Je tombe. Cosmim m'a retenu, je me suis rééquilibré sur mes béquilles, je tombe. Nœud s'est avancé d'un pas décidé.

Il s'est placé devant la bande. A souri pour détendre l'atmosphère. J'arrivais désormais mieux à voir, mais mes genoux continuaient de trembler. Les garçons derrière ne savaient pas que Nœud souriait. (*Pause.*) Iguatemi a regardé Zetimó et j'ai vu : le bras de Zetimó a pris de l'élan et assené un coup de poing qui a atterri dans le cou d'Iguatemi. Le visage de Zetimó était complètement désarçonné, et Iguatemi est tombé par terre en toussant.

Il aspirait de l'air comme s'il venait d'être sauvé de la noyade, ses mains essayaient d'ouvrir sa poitrine. De l'air.

Zetimó fixait son bras, son bras et les garçons, les garçons et Iguatemi, à présent entouré, Cosmim au milieu à genoux. Baleineau a posé les deux mains sur la poitrine de son ami tombé et s'est mis à appuyer, comme il l'avait vu à la TV. Tu vas lui faire du bouche-à-bouche ? Arrête, tu vas l'achever, espèce de couillon !, et Tiziu l'a écarté d'un dégage-de-là de l'épaule. Baleineau a roulé sur le côté.

Quel couillon, ce gros!

À ce moment-là, Iguatemi était en train de tousser-rire.

Après une petite pause, ils se sont avancés vers Zetimó pour lui régler son compte. Cosmim aussi. Un croche-patte, il s'est écroulé tout près d'Iguatemi. Un coup de pied, deux dans les côtes. Zetimó a accepté, il a levé la main pour demander une trêve, a fait ok ok de la tête. Nœud lui a allongé une tape sur l'oreille, Cosmim a poussé Nœud pour lui dire ça suffit.

Ils se sont tous regardés, soupesant la possibilité d'une baston générale. Iguatemi s'est redressé, le souffle lourd. Zetimó s'est mis les doigts dans la bouche pour voir s'il ne lui manquait pas de dents. Arrêtez, a dit Baleineau, putain, arrêtez!

57

Après ça, histoire de dire quelque chose, Nœud a hasardé une remarque sur le fait que j'étais blanc et lui marron, moi riche et lui pauvre. Un coureur de dot. Et il a ri, car il ne pouvait pas non plus juste changer de sujet et passer à autre chose.

C'est tout.

Au bout d'une heure ou deux, ils s'étaient remis des castagnes et faits à l'idée que leurs deux potes sortaient ensemble. Tu vas juste avoir un bleu et tout ira bien. Quand Cosmim et moi on s'embrassait, ils faisaient pouah et voilà, de temps en temps ils balançaient des trucs : de la terre, des touffes d'herbe. Ils ne plaisantaient pas sur le sujet, mais ils ont cessé d'insulter et de chahuter Cosme. Pendant deux semaines, ils nous ont respectés.

Le lendemain ou le surlendemain, je ne sais plus, la sœur de Tiziu a accouché, chez eux. Des jumeaux, un garçon et une fille, pas de père, uniquement une mère. Ils ont aussi fait pouah quand Tiziu leur a parlé du placenta, ils ont balancé des touffes d'herbe et l'ont traité de couillon. La sœur de Tiziu leur inspirait probablement plus de dégoût que nous. La peur des filles ne leur était pas tout à fait passée.

58

La nouvelle s'est répandue, mais le scandale n'est pas venu des visages adoucis de mes amis. Il est venu de celui des vieilles et des demoiselles de bonne famille – j'en suis certain, ce sont les visages sévères des vieilles qui se sont sentis offusqués les premiers. Sûrement que l'une d'elles épiait la rue, avec le *tss-tss* sur la gâchette de la langue, prête à faire feu au moindre signe d'indécence : une femme non accompagnée, un chauffard du dimanche, un *macumbeiro**, un ivrogne ou un voleur à la tire. En revanche, deux garçons s'embrasser, ça, c'était du jamais vu. Elle n'a peut-être pas pris le temps de claquer la langue, elle a sûrement tout de suite appelé la plus jeune demoiselle (où il y a des vieilles, il y a des demoiselles). Viens voir, viens voir. Et ce viens-voir s'est multiplié par dix, deux cents, trois cents tu-as-vu-ça? Dans la file d'attente du pain ou lors de la visite de l'après-midi, tu as vu que maintenant les garçons s'embrassent sur la bouche ? En plein jour, sans vergogne, quelle indécence, deux cents indécences ! Mon Dieu mais où va-t-on ?

Rien de tout cela n'est parvenu aux oreilles de mon père. Évidemment. Pour autant que je sache, il est mort en pensant que c'étaient les femmes qui ne m'aimaient pas.

59

J'essaie de me souvenir, mais les choses que Cosmim a faites et dites au cours de ces deux semaines se sont peu à peu estompées, les vrais souvenirs se sont perdus, la façon dont je le regardais aussi s'est presque totalement ternie. C'est là aujourd'hui, demain va savoir : tout peut s'effacer à jamais et je n'aurai alors plus rien à quoi me raccrocher.

(Ceci est sûrement la dernière révélation avant l'oubli.)

C'est pour cela que j'aimais les clients de la boutique d'antiquités. Ma boutique d'antiquités dans la galerie Cartago, la fameuse Cartago. Je n'ai jamais eu autant d'argent qu'à ce moment-là. J'ai pu m'installer près de la place du Lido. J'ai fait faillite malgré tout.

J'avais repris le fonds de commerce à un vieux monsieur, Amílcar Meireles, et presque tous les clients ont continué à m'appeler Amílcar, y compris ceux qui me connaissaient de longue date. C'était le nom qui figurait sur l'enseigne.

Du comptoir, on apercevait l'église Notre-Dame de Copacabana. Je reconnaissais mes clients de loin. Ils se détachaient de la frénésie de l'avenue, de la force brutale de Copacabana, un quartier qui, même aujourd'hui et même le dimanche, se meut avec la violence d'un éternel vendredi soir : accidents de voiture, coups de klaxon, rixes de rue, trahisons, spéculation immobilière, huées, sifflements, hausse des prix, dérapages sur l'asphalte chaud. Mes clients, eux, étaient étrangers à cela, Copacabana ne les concernait pas. Je les repérais de loin. C'étaient ceux qui savaient, déjà à l'époque, que les espoirs d'une nouvelle bossa-nova s'étaient envolés.

Des gens bien. Des femmes au foyer obsédées par les bibelots, des collectionneurs de broches des années 60, de livres épuisés, de vieilles encyclopédies, d'ombrelles lilas ; des rassembleurs de journaux et de magazines, de jouets et d'appareils électroménagers cassés et de chaussures ridicules. Le genre de personnes qui pensent que rien de ce qui a existé ne doit disparaître. Des gens prêts à payer le prix qu'il fallait. Je ne faisais pourtant pas tant de marge que ça.

Des gens qui ensuite meurent. (À Copacabana, beaucoup de gens meurent.) Et, dans leur entourage, il n'y a généralement personne pour s'intéresser aux babioles qu'ils ont accumulées. Le concierge rentre chez eux, met tout dans des cartons qu'il jette ensuite à la poubelle. (C'est une entreprise de bennes appelée Sainte Euphémie qui ramassait ces ordures.) Sur le chemin de la boutique, il m'arrivait d'apercevoir ce genre de carton au-dessus des décombres des chantiers de construction et de rénovation, et à l'intérieur j'y trouvais toujours quelque chose que je pouvais vendre, albums photo, disques, livres, vêtements, chapeaux. Tout ça sans rien débourser, mais sans moi ces objets auraient fini dans une décharge de la banlieue. Les bennes de Sainte Euphémie sont sans pitié. (Euphémie a été martyrisée pour avoir prié quand il ne le fallait pas et a donné son nom à un petit astéroïde, (630) Euphémie, qui jamais n'entrera en collision avec la Terre.)

Après ma mort, je sais que quelqu'un arrivera dans mon appartement (le concierge, ma sœur, le gérant de l'immeuble) et mettra tout ce que je possède dans des cartons, qui échoueront dans l'une de ces bennes (j'ignore de quelle entreprise). J'espère que quelqu'un tombera dessus, parce qu'à l'intérieur se trouveront mes cahiers, la photo du garçon singulier, les bulletins scolaires de Cosme, mes dessins d'enfant… Mes affaires ont une mémoire, et leur mémoire est liée à celle de Cosmim, comme la sienne est liée à celle d'autres personnes, et ainsi de suite. J'aimais vraiment beaucoup les clients de ma boutique. Ils savaient qu'au bout du compte nous sommes tous connectés. Nos liens : des cartons remplis de bric-à-brac.

Bennes, pitié !

60

Il y en avait un, je ne me souviens plus de son nom maintenant. C'était un garçon à la peau très blanche et aux cheveux grisonnants. Il n'achetait que des manuels, des manuels de pêche à la truite, d'armes, de pâtisserie, d'élégance, des grimoires de saint Cyprien, n'importe lesquels. Un jour, il est resté un peu discuter avec moi. Il m'a raconté qu'il était étudiant en maîtrise et que tout le monde au Brésil était chef de police. « Une nation de chefs de police », c'est ce qu'il a dit. Les plus malins étaient les juges. Les plus malins étaient ceux qui inventaient les lois. Les plus malins étaient ceux qui ordonnaient d'inventer les lois et personne ne savait de qui il s'agissait. Mais personne ne voulait être à leur place, il a dit.

Aujourd'hui tout le monde le veut. La race évolue.

MOI : Qu'est-ce que tu aimerais faire quand tu seras grand ?

RENATINHO : Pilote d'hélicoptère.

61

Le soleil fissure toujours les trottoirs. Les autorités locales essaient de les réparer, mais le soleil œuvre contre, il assèche le ciment et rouvre les lézardes. Les journaux attaquent la mairie, mais le soleil jaunit leurs pages. Les citoyens se plaignent, mais le soleil anesthésie leur colère et leur offre la plage. Le soleil déteste tout le monde, sans distinction. L'autre jour, un conseiller municipal a trébuché sur l'une de ces fissures solaires et est tombé la tête la première dans l'escalier de l'hôtel de ville. Il a failli mourir. Il était déjà bien âgé, S. Exc. M. le conseiller municipal Chico Sforzinda (Parti populaire), fervent partisan de la démolition des favelas. Il portait un dentier. Ils l'ont mentionné dans le journal.

Nous étions assis. Cosmim arrachait les mauvaises herbes qui poussaient dans les crevasses du trottoir comme si elles s'étaient frayé un passage à travers le béton. Il ne disait rien. Il me regardait à peine. Je lui ai demandé ce qu'il avait, il ne m'a pas répondu. J'ai cru qu'il avait cessé de m'aimer. Le moindre silence de sa part et déjà je voyais la fin et commençais à planifier mon suicide. J'ai eu peur, puis je me suis senti furieux.

LUI : « Tu préfères qui, ton père ou ta mère ?

— Ma mère. »

Je l'ai vu pencher brusquement la tête à gauche et tordre la bouche comme s'il avait une crampe au ventre, le genre de grimace embarrassante. Cosmim savait que mes parents étaient sur le point de se séparer. Et jamais il ne vivrait avec maman. Le soleil nous gênait de plus en plus. J'ai tendu la main, je l'ai ouverte et refermée, réclamant la sienne.

« Aide-moi. »

Il s'est levé et m'a relevé. Je me suis fermement appuyé sur mes béquilles, toujours furieux.

« Et si je devais partir ?

— Où ça ?

— À Nova Iguaçu.

— J'sais pas où c'est.

— À New Dehli.

— J'sais pas où c'est.

— Tu veux pas y aller ?

— Aller où ? »

Et là il m'a pris dans ses bras.

(Cosme, pauvre idiot, gros bêta. Il ne comprenait rien.)

J'ai resserré mon étreinte moi aussi.

62

Aujourd'hui, le chiendent pousse toujours dans les fissures du ciment. Il se fait de la place, prend racine. L'autre jour, le gérant de l'immeuble nous a adressé une circulaire disant qu'il fallait abattre l'arbre à l'entrée de la résidence, puisque la mairie ne faisait rien. C'est un énorme ficus, dont les racines ont défoncé le trottoir. Il m'a demandé ma contribution, ma signature et de l'argent.

L'arbre a déjà étranglé l'accotement et avance maintenant vers les grilles de la porte d'entrée. Les racines se sont infiltrées dans les canalisations, d'où le goût terreux de l'eau du robinet. Qui l'a planté ? Personne ne s'en souvient. Le gérant de l'immeuble a dit que, si nous n'agissions pas, une personne âgée risquait de mourir. *Dona* Vera, du 701, a trébuché sur le trottoir défoncé. Elle aurait pu se casser le coude !

Je n'ai pas contribué.

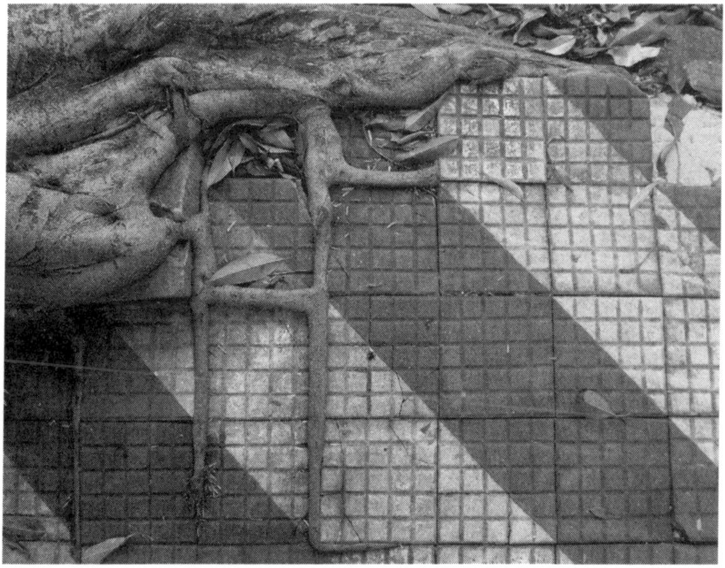

Ce que font les arbres me semble beau. Pendant des années, leurs racines poussent tranquillement sous nos pieds, poussent, durcissent, s'étendent – et forcent la surface du trottoir.

J'aimerais avoir l'ouïe fine pour entendre les racines limer le ciment, avancer, se frayer un passage. Le frottement sourd et prolongé, les craquements du bois, les légers sifflements dans l'obscurité, les miasmes. Et un beau jour, enfin, la lumière.

J'aimerais vivre plusieurs siècles pour que la victoire me paraisse aussi fulgurante qu'un coup de poing. J'aimerais voir les balayeurs ramasser les débris après des mois d'appels téléphoniques et autres plaintes, de pétitions, de visites à la direction des Parcs, jardins et espaces verts. Les autorités n'en fichent pas une dans cette ville !

J'aimerais être l'arbre.

« Aller où ? » m'a demandé Cosmim.

Là où il y aurait de la place.

63

Le petit essaie de changer de chaîne. Aujourd'hui le câble ne fonctionne pas.

MOI : Il n'y a pas de réseau.

Il n'entend pas. Son pouce appuie ; sur son ongle, une rayure blanche. Ça s'appelle leuconychie, ce n'est pas une maladie grave. De mon temps, on disait que, quand ces marques apparaissaient, c'était que quelqu'un était amoureux de toi.

On disait aussi que, si tu aimais une personne, tu pouvais l'imaginer vieille. Mais il faut y arriver vraiment. Il faut être ému par la décrépitude de l'être aimé.

MOI : Depuis quand tu es là ?

RENATINHO : Soixante-quatorze jours.

MOI : Et tu comptes rester combien de temps ?

(*Pause.*)

MOI : Tu arrives à m'imaginer à l'âge que tu as toi aujourd'hui ?

Petits rires de soulagement, il dit que non, que je suis beaucoup trop vieux. Moi, par contre, je peux imaginer comment il sera quand il sera un vieillard, je lui dis. Il rit, mais ne poursuit pas la conversation, il regarde la TV enneigée, tremblant de tous ses membres. Il a peur de devoir partir.

(J'ai perdu l'image précise de Cosmim, je n'arrive pas à l'imaginer vieux. De son vivant, je n'y ai pas pensé.)

64

L'assassin est sorti du cinéma. Nous étions assis sur le trottoir, Cosmim et moi nous tenant la main, Iguatemi nous racontant la fois où un navire brésilien avait attaqué un banc de dauphins en pensant que c'était un sous-marin allemand (« C'est des conneries », « Si, c'est vrai ! », « Dis la vérité, Guatêma ! », « C'est vrai, c'est mon père qui me l'a dit ! »). Ça s'était fini dans un bain de sang. L'assassin est passé à ce moment-là, comme les fois précédentes – bâton de cannelle au bec, odeur de sueur et de ciment. Il allait à la séance du temps de midi, pendant que ses collègues dormaient au soleil. Comment se faisait-il qu'il prolongeait autant sa pause déjeuner ? Était-il le chef des maçons ? Ingénieur, c'est sûr que non.

(Je me souviens de ceci : au cinéma Maier ils repassaient *L'Homme qui tua Liberty Valance*, avec John Wayne. Cosmim et moi sommes allés le voir le lendemain. L'ouvreur était un copain de la bande et il nous a fait entrer par-derrière. Nous nous sommes assis tout au fond de la salle. Pas de pop-corn. Ce fut notre unique séance de cinéma.) J'ai revu ce film plusieurs fois par la suite : « Eh, le pèlerin ! Quand la légende dépasse la réalité, on publie la légende. » Nous sommes dans l'Ouest ici.

L'assassin nous a salués d'un signe de tête et a poursuivi son chemin. Nous lui avons rendu son salut. Plus personne n'avait peur de lui. Je ne sais pas s'il nous a vus nous tenir la main. Il a dû nous voir. Il a froncé le nez et détourné la tête, mais il n'a peut-être fait que renifler sa propre pestilence ivrognesque. Tous les maçons buvaient de la bière noire Xingu en travaillant.

65

Je voudrais pouvoir dire que j'ai vécu deux ans en deux semaines avec Cosmim, mais non. Deux décennies. Ce genre de chose n'arrive pas. Nous avons vécu quatorze jours. J'ai aimé chaque centimètre de son être, mais pas chaque minute. En tout, il y en a eu 20 160, nombre d'entre elles perdues à étudier, à se laver, à déjeuner. Lorsque nous étions ensemble, d'autres encore ont été perdues dans des silences, avec les pourquois du silence. C'est à cause de ceci, à cause de cela, c'est parce que je devais faire mes devoirs, c'est parce que tu ne m'aimes plus ? Nous nous sommes dit que nous nous aimions, mais ce n'était pas la même chose qu'aujourd'hui.

Et la peur, une peur qui aurait pu être guérie uniquement si lui et moi, bien plus que des siamois, n'avions plus fait qu'un. Un tout. Deux bras, deux jambes, des poils, une puanteur de garçon, une peau café au lait, un visage de dieu égyptien, un pénis, une tête de chien. Le monstre qui pèse le cœur des hommes après leur mort.

Mardi (le lundi d'après, il serait mort). Il devait être quatre heures de l'après-midi, le moment où la maison devenait fantomatique : le chuintement de la cocotte-minute, *tchac-tchac*, sans hâte, *tchac-tchac*, Paulina préparait le dîner, *tchac-tchac-tchac-tchac*. Papa se reposait avant son tour de garde nocturne, maman toujours cloîtrée avec ses petits œufs en or. Cosmim dormait à côté de moi dans mon lit, les draps étouffaient nos récentes torridités. Les poils de sa jambe me chatouillaient. Nous deux, le monstre aux dix tentacules. Une perle de sueur sur son front.

J'ai entendu des pas lourds dehors, des pieds chaussés de bottes. Dans ma chambre, une forte odeur émanait des meubles de bois noble. La porte n'était pas fermée à clé. Les pas se sont rapprochés, puis arrêtés.

Je ne pouvais plus verrouiller, le cliquetis de la serrure n'aurait fait qu'attirer davantage l'attention.

J'ai ensuite eu l'impression que les pas s'éloignaient, mais ils sont revenus plus vite, le grincement de la poignée a réveillé Cosme et voilà que l'assassin était là, un pied à l'intérieur de ma chambre.

Cosmim a ramené le drap sur sa poitrine. Pour la première fois, je remarquai à quel point il était grand, le mari de Paulina. Il devait mesurer près de deux mètres et avait un regard bovin. Ma mâchoire a dû se décrocher. Il a tout de suite vu que nous étions nus. Et il a senti l'odeur de bois mêlé au sperme et à la sueur propre. Ses jambes flageolantes voulaient partir. Ses mains ont fait un geste étrange, comme si elles tenaient un chapeau et en serraient le bord. Un vieux geste : les paysans le faisaient devant leurs suzerains, les contremaîtres de fazenda devant les « colonels », les employés de bureau devant leurs chefs. La timidité du pauvre dans maison de ses maîtres. Sauf qu'à ce moment-là presque plus personne ne portait de chapeau.

Il s'est excusé sans ouvrir la bouche, a essayé de marmonner autre chose sans y parvenir. Son pantalon était maculé de boue, sa chemise de taches brunes de sueur, ses cheveux de poussière de ciment, comment le laissait-on entrer au cinéma dans cet état ? Il a fait volte-face puis il est sorti. Il était sûrement venu voir Paulina, si ça se trouve c'est mon père lui-même qui lui avait ouvert, tout a une explication simple. Mais, avant qu'il ne pivote sur ses talons, Cosme s'est appuyé sur un bras et a demandé, en vrai petit homme, ce qu'il voulait.

C'est à cet instant que la mort de mon ami a commencé.

« Rien », a grommelé l'assassin, avant de taper du pied tel un cheval pour ébrouer sa haine et de partir. Cosmim ne le reverrait qu'à l'heure de mourir. Moi jamais plus.

66

MOI : Viens là, fais-moi un câlin.

À la TV, un dessin animé. Un garçon souple et un rondouillard trapu construisent une cabane dans un arbre, martèlent au ralenti, un orchestre tonitruant en fond (une variation avec des grosses caisses de la *Danse des chevaliers*, de Prokofiev). Le rondouillard chancelle, il va tomber. Le petit est venu me faire un câlin, sans quitter la TV du coin de l'œil, avec la sérénité de celui qui s'acquitte d'une obligation. Le câlin du fils aimé tous les jours et sans menace. (C'est finalement le maigrichon souple qui tombe.)

Au moment où il s'est accroché à moi, mon cou a craqué. Son regard écarquillé m'a fait rire. Je ne me casse pas si facilement. (*Pause.*) Comme il ressemble à son grand-père !

Le visage de l'assassin, je n'ai pas réussi à l'oublier. Vingt-six coups de couteau dans le thorax, je me demande si la police a senti l'arôme de cannelle dissimulé par la puanteur du sang séché. Cosmim a été retrouvé un lundi à cinq heures de l'après-midi par une femme que j'imagine bien en chair et toute vêtue de jaune, tenant en laisse deux chiens noirs. Ces derniers ont senti l'odeur et l'ont suivie. Il était en slip sur le ventre, au milieu des hautes broussailles de l'ancienne *senzala* (où ailleurs l'assassin aurait-il eu l'idée de se débarrasser du corps ?). Son T-shirt gisait au milieu de la rue, à deux cents mètres de là. Son pantalon, près de lui. Peau brunie par le soleil de l'après-midi, épaules rougies. S'il avait été vivant, il n'aurait pas pu dormir cette nuit-là.

Le visage sans aucune égratignure, juste un peu maculé de terre.

L'assassin est allé le chercher à la porte du collège. Cosmim l'a suivi (pourquoi ?) parce qu'ils prenaient le même chemin, parce qu'il était comme ces jeunes filles pauvres qui, quoique ayant beaucoup de fierté et d'amour-propre, se donnent plus facilement. J'ignore ce qu'ils se sont dit. Midi et quelques broquilles. Une fois hors de la vue des professeurs et des élèves, il l'a attrapé par la tête, d'une seule main, et a commencé à le traîner.

Le sol est crissant à Queím. Cosmim a dû crier, mais personne n'est venu à sa rescousse (pourquoi ?) parce que ça ne regardait personne, le gamin était sûrement insupportable, c'est bien connu, ils sont insupportables, ces gamins. Il s'est débattu, a réussi à se libérer, a essayé de courir, mais il était nul en EPS. Une foulée maladroite, *paf, pouf,* l'assassin bien plus prédateur que lui, qui poursuivait ma sœur sans jamais la rattraper. À un moment donné, l'assassin l'a pris par les pieds, il devait déjà être inconscient (pourquoi ?). C'est comme ça qu'il a perdu son T-shirt (pourquoi ?).

Heure approximative du décès : 13 heures.

Le couteau du crime n'a pas été retrouvé. L'assassin s'est enfui. Que les vers qui te lèchent tendrement les os ne te donnent aucun répit, Adriano, dont personne ne connaît le nom de famille, arrière-petit-fils de toutes les puanteurs et arrière-grand-père des lisiers éternels. Pustule de variole sur le visage d'un empereur aztèque. Puisse l'âme exister et la tienne ne s'abreuver que de lait tourné, diable du monde, candidose du monde ! Assassin ! Dieu devait être bien fatigué le huitième jour, après avoir inventé cette race d'éparpilleurs de semences, cette race de conquérants et de batteurs de records, de grimpeurs de l'Himalaya, d'hommes et de femmes qui font les plus grands châteaux de cartes, tirent des camions avec les oreilles, construisent les plus hauts immeubles et livrent les plus grandes batailles de boules de neige de l'histoire et puis meurent. Ils meurent, les imbéciles ! Ils ont passé leur vie coincés dans les bouchons, à se plaindre du sommeil, de la faim et du manque d'amour. Il leur arrive de temps à autre de coucher avec un inconnu rencontré dans l'autobus, et ils dorment blottis l'un contre l'autre dans un motel, parce qu'ils ont toujours tellement sommeil. Et ils se réveillent en pensant que toutes les clameurs de la vie crépitent dans leur sang, et ils se mettent à photocopier leur chair sur d'autres chairs. L'enfant naît, et le père s'enfuit et la mère dit qu'il s'appellera Adriano, alors qu'il pourrait tout aussi bien s'appeler José, Luis das Côrtes ou Maria Odete. C'est la perpétration de l'espèce, l'espèce poilue de ceux qui ont conscience qu'ils vont mourir, mais qui étudient pour obtenir enfin cet emploi médiocre au tribunal et réparer leurs dents tordues et accéder à la propriété et avoir des enfants ingrats, et puis ils meurent, les imbéciles ! Leurs enfants naîtront eux aussi avec des dents tordues, les imbéciles. Que ton âme devienne grise et éteigne le soleil, et que le soleil éteigne les vivants pour la dernière fois, en les torturant, y compris moi, qui ne me supporte plus, avec ce cochon mort qui brûle dans mes intestins ! As-tu entendu parler de l'Homme de Boskop ? C'est l'un de nos ancêtres qui vivait il y a une dizaine de milliers d'années en Afrique. Il était plus intelligent que nous, son cerveau était plus gros, ses dents, plus petites.

L'Homme de Boskop était l'homme du futur. Nous avons tué l'Homme de Boskop. L'*Homo sapiens* a tué l'Homme de Boskop. Il y a dix mille ans, nous avons tué l'homme du futur. Pourquoi ? Parce que! Laissons la planète aux autres races, les autres races n'ont pas besoin de consolation. Nous, nous sommes épuisés. Seule une espèce fatiguée peut inventer les fourgons blindés, le télémarketing et la rhinoplastie. Et il est trop tard pour mourir avec élégance. Que le vautour pape assume le trône de la présidente de notre république et que celle-ci nous emporte tous dans la tombe. Les députés et leurs beaux-frères et les avocats et les procureurs et la police et les voleurs. Et les faiseurs de miracles de la place Cinelândia et des temples évangélistes. Et les écrivains qui s'obstinent à écrire des livres pour adultes qui font dans leur froc à l'idée d'être soumis à un contrôle fiscal. Et ceux qui sont exonérés d'impôts. Et les chocoholiques. Et les cinéphiles. Et tous les grands compositeurs de grande musique et les inventeurs de l'avion. Et ceux qui ne se salissent pas les mains avec de l'argent. Et les petites vieilles qui ressemblent à des poupées de cire. Et les maigrichonnes qui prennent leur café avec de l'édulcorant. Et les esclaves morts, que diraient-ils s'ils apprenaient que les régimes alimentaires d'aujourd'hui bannissent le sucre qu'ils ont planté ? Et les employés de musée, qui s'obstinent à se souvenir. Et les propriétaires de friperie, et les clients de friperie. Et tous ceux qui se souviennent avec émotion. Et tous ceux qui pensent que c'est important. Et les fossoyeurs. Notre destin est d'être géologie sans que personne d'autre au monde ne sache ce qu'est la géologie. Adriano, ceci est la dernière révélation avant l'oubli. Mon voisin de palier écoute en boucle le même album de Nelson Cavaquinho : « *o sol... há de brilhar mais uma vez. A luz... há de chegar aos corações...* [1] ». Une belle chanson. C'est ma mère qui m'a annoncé la nouvelle. Papa n'a pas eu le courage. J'étais en train de dormir, du sommeil de l'adolescent qui sait, sans vraiment le savoir, que les choses ont une fin. Elle est entrée et m'a dit réveille-toi, ton ami est mort. Et elle a passé la main sur mon épaule. Elle ne m'a pas serré dans ses bras. Maman m'a pris dans ses bras plusieurs fois par la suite, mais ce jour-là elle n'y a pas pensé. Elle m'a expliqué ce qui s'était passé, le genre de chose qu'on ne lit que dans les journaux, des tueurs d'enfants, un dangereux maniaque à Queím. Toute la bande a vu le corps, mais il était hors de question que j'y aille, je ne sortirais plus de la maison, c'est ce qu'elle m'a dit. Je sais qu'elle avait l'espoir de voir le portrait-robot de l'assassin dans la presse, mais les journaux n'ont prêté aucune attention à l'affaire. Depuis, elle ne m'a plus laissé sortir, j'ai arrêté de jouer dans la rue, je n'ai pas revu Tiziu. Plus tard, mon père m'a serré dans ses bras, parce que le sol se dérobait sous ses pieds. Une lourde accolade qui m'a obligé à me cramponner à mes béquilles. Lui aussi a vu le corps, a suivi l'autopsie. Il disait *un* espèce de et *un* échappatoire, ce qui est étrange, car c'était un homme cultivé. Il a aussi pris ma mère dans ses bras. Elle s'est laissé faire, avant de retourner dans la pièce des petits œufs. Jamais plus ils n'ont dormi ensemble. Pourquoi ? Parce que. Paulina était au milieu de tout cela, elle essayait d'aider, ignorait que

1. « Le soleil... brillera encore une fois. La lumière... atteindra nos cœurs... » – chanson *Juízo final* (Jugement dernier).

le père de son bébé avait pris la fuite. Elle errait dans la maison, hébétée, craignant de s'immiscer où il ne fallait pas. Quelques amis de mon père sont venus aussi, bedonnants, les sourcils épais. Avec de belles chemises. Les humains ont inventé les chemises et les chaussures qui donnent des cors pour ensuite inventer les ceintures, les crèmes et le talc. Pourquoi ? Parce que ! La même race qui a fait les cheminées et qui recycle aujourd'hui les bouteilles en plastique. Ça ne change pas grand-chose. Cette planète née dans la boue finira dans la boue : on a tous envie de symétrie. C'est plus fort que nous. Grumá est resté bloqué sur *Juízo final* ; dès que la chanson finit il la remet : « *Do mal... será queimada a semen... ti*[1]. » Et j'ai grandi plus triste qu'un pigeon. Je suis devenu un adulte aigri, inutile et sale. Mon père répétait tout le temps qu'un pigeon était un rat pourvu d'ailes, parce qu'il est porteur de maladies. Moi je n'ai pas d'ailes. Je suis celui à qui personne ne veut penser pendant son déjeuner. Cette chaleur, cette sueur qui ne s'échappe jamais vraiment par mes pores ! L'assassin s'est emparé de moi pour le reste de ma vie. J'ai été colonisé. J'ai beaucoup de mal à trouver de la beauté dans ce qui m'entoure : chez le barbier, par exemple, je trouve beau le fait que tout le monde se fasse couper les cheveux sans penser au temps qu'il leur faudra pour repousser, ni au fait qu'ils continuent de pousser après la mort, du moins un certain temps. Ou bien c'est la chair qui se flétrit ? Je trouve certains hommes beaux et j'éprouve du désir, mais je trouve tous les enfants tristes, par exemple. Je ne vois aucun charme dans la poésie, dans les

1. « Le mal ne donnera pas de fruit... » – *ibid.*

claquettes, dans les chansons de Chico Buarque ou les thrillers. Je me sens mal quand je perçois une odeur de cannelle, je vomis carrément. Un jour, je suis monté dans un taxi où plusieurs petits sachets désodorisants étaient accrochés au rétroviseur. La voiture n'était pas équipée de climatisation, les fenêtres arrière ne s'ouvraient pas. Le chauffeur m'a parlé de tous les gens qui lui avaient fait du tort, il conservait une liste dans sa boîte à gants – une qui l'avait trompé, un autre qui lui avait emprunté quelque chose sans jamais le lui rendre, un ami qui ne l'appelait plus… Les petits griefs d'un homme hanté par la crainte de sentir mauvais. En remarquant le sachet à la cannelle coincé entre celui à la fraise et celui à l'eucalyptus, je lui ai vomi dessus. Il m'a quand même conduit à l'hôpital, un trajet de presque une demi-heure (j'allais faire des examens de ma jambe valide, des varices). Son bras et sa jambe étaient souillés, il empestait et ne disait rien, tandis que ma nausée ne passait pas, malgré l'estomac vide. L'odeur des sachets, de la chaleur, du vomi, de nos déodorants. Je me suis excusé plusieurs fois, mais il s'est contenté de répondre : mmh. J'ai essayé de payer la course (43,20 R$, que j'ai arrondis à 45 R$), mais il a refusé. J'ai sûrement rejoint la liste des méchants, un salaud de plus parmi les salauds – et l'argent d'un salaud, il n'en voulait pas. Qui s'en soucie, assassin ? Ce qui compte, c'est que le salaire permette d'arriver à la fin du mois. Ce qui compte, c'est de savoir qui couche avec qui au bureau, au palais du gouvernement et dans les *telenovelas*. Et qu'en est-il de l'inflation ? Cosmim a été violé avant et après sa mort. Ils l'ont découvert à l'autopsie. L'assassin a eu la délicatesse de lui remonter le slip. C'est ma mère qui me l'a dit, mais beaucoup plus tard, comme quelqu'un qui vous raconte être allé un jour à Maceió ou à Paraty, c'était sympa, hormis les petits gratins au crabe qui sont mal passés. Nous prenions le café, accompagné d'un gâteau à la carotte et de sablés, qui s'achètent dans des boîtes dont le couvercle représente des paysages suisses. Abusé, brutalisé, sodomisé, violenté, violé, pénétré, lacéré, écorché, enculé. Si tu veux savoir, c'est lui qui me prenait. Chaque fois. Avec de l'huile d'amande douce volée à ma maman, maman, mamounette. Ce n'est pas ça qui te dérange ? C'est donc moi qui devrais être mort, poignardé à midi. Et personne ne sait où l'assassin s'est enfui. J'ignore si la police l'a recherché, probablement pas. Le pire danger pour un garçon, c'est de toucher un fil dénudé et bernique, c'est du moins ce que je croyais quand j'étais gamin. J'ignore si cette commission de la vérité a découvert que mon père officiait dans les centres de torture. Je me tiens à l'écart des informations. Je les évite, je ne lis jamais les journaux. Je change de chaîne. Les victimes se sont-elles demandé si cet infirmier du centre de torture avait des enfants ? S'ils avaient été au courant de mon existence, m'auraient-ils considéré comme l'héritier de sa lâcheté ? Je ne sais pas, ces victimes deviennent toujours à moitié saintes, débordant de bienveillance. Même la façon de parler change. La façon de bouger les mains, comme si elles offraient à manger à quelqu'un qui n'a pas d'argent. Moi j'ai changé, mais différemment. Je ne pense pas qu'ils m'en voudraient, ils ne me détesteraient pas pour mon héritage, mais une chose est sûre : dans mon sang, il y a mon père. Peut-être même qu'il y a aussi Emílio Médici, le dictateur-président au visage émacié de bouledogue. Va savoir. Ton petit-fils, l'assassin, est ton portrait craché. Tu t'es enfui avant la naissance de sa mère, et son père s'est enfui avant sa naissance. Ton père aussi s'est enfui, mais les femmes sont restées, comme en général elles restent, très mèrement. Elles sont si bonnes ! De mère en mère, il s'est retrouvé ici chez moi. Il vient de me faire un câlin. C'est inconvenant ? À présent, le fil dénudé, c'est moi. Il est juste là, le petit, il me tourne le dos. À la TV, le rondouillard et le maigrichon ont construit leur cabane dans l'arbre, il ne manque plus que le toit. Les voilà qui scient une fenêtre sur le mur à l'aide d'une scie à double poignée. Le rondouillard est à l'intérieur de la cabane et le maigrichon, à l'extérieur ; le fait qu'ils ne se voient pas entraîne une grande confusion. Il me suffit d'aller dans la cuisine, de sortir le couteau à pain du tiroir et de le lui planter dans la nuque. Je mettrai le CD de Nelson Cavaquinho pour étouffer ses cris. Le petit ne protestera pas, il montera le volume de la TV, comme chaque fois que je fais du bruit. Chez Grumá, la musique a repris. Le début de l'album est un tradedala-dala-dalada-la-da-lao au *cavaquinho* et à la guitare. (*Pause.*) « *O sol… há de brilhar mais uma vez*[1]. » À un moment donné, la chanson *Juízo final* d'ici paraîtra l'écho de celle de mon voisin, les deux seront presque à l'unisson : « *A luz (a luz)… há de chegar (chegar… aos)… aos corações (rações…)*[2]. » J'ignore si j'aurai assez d'énergie pour aller jusqu'au bout, je ne sais pas si j'essaierai de toucher sa jugulaire ou si je tenterai l'étranglement (avec les mains ? une ceinture ?), si j'aurai la force

1. « Le soleil… brillera encore une fois » – *ibid.*
2. « La lumière… atteindra… nos cœurs… » – *ibid.*

d'enfoncer le couteau dans le creux de sa clavicule. Le sang va gicler. Je n'ai pas eu le temps d'acheter de la mort-aux-rats – ce serait plus pratique : il suffit d'en mettre dans son repas et d'attendre. Je pourrais aller dans la cuisine chercher le raticide, mais je n'en ai jamais acheté de ma vie. Curieusement, il n'y a presque pas de rats à Queím ; beaucoup de pigeons, beaucoup de cafards. Le couteau reste donc la seule solution. Mon couteau à pain mesure trente centimètres, sa lame dentelée en inox est surmontée d'un manche en faux ivoire. Il est trop léger (du fait de sa taille, il donne l'impression d'être plus lourd qu'il ne l'est), je vais le laisser tomber dès que je l'aurai sorti du tiroir. Une jonglerie maladroite – oupla, oups – et le couteau s'envole au loin, manquant de peu de finir sous le réfrigérateur. Quand je m'appuierai sur la porte du frigo pour me baisser et le ramasser, il va valdinguer et moi je vais tomber sur les fesses. L'adrénaline va commencer à peser dans ma poitrine, cœur, chaleur, sueur. Enfin, de la sueur. Légèrement pantelant, je fixerai un bon moment le couteau par terre. Mes doigts tremblotants vont s'en approcher, il m'échappera un peu. Ce sera un tremblement d'anticipation, pas de lâcheté. Je vais me lever avec moins de difficulté que d'habitude, presque sans avoir besoin de ma canne – c'est l'impulsion du sang. J'empoigne fermement le manche. J'y vais. Je vais y aller et le petit sera assis sur le canapé, le dos nu, marron. Il n'est pas allé à l'école aujourd'hui. Au journal télévisé de midi, l'état du trafic routier et des informations sur la pacification des favelas. Les cheveux de sa nuque vont se dresser sans qu'il sache pourquoi. Il va entendre le *tac-tac* de ma canne, mais ne va pas se retourner. Même si je l'appelle deux fois par son prénom, il ne se retournera pas, uniquement la troisième fois. Le *cavaquinho*, la guitare, le lada-lao. (*Pause.*) Allez, Nelson ! « *O sol… há de brilhar mais uma (O sol…) vez…* » Ma main gauche saisit son épaule gauche – pendant quelques secondes il croit que c'est une blague, il s'apprête à haharire – et ma main droite plante le couteau à pain sous son épaule droite. Ma canne tombe par terre.

(« *há de brilhar… mais uma ve-êz* »)

Je reste debout, me tenant au couteau fermement enfoncé dans les côtes de l'enfant. Il n'a touché aucun os, il s'est fiché dans les organes mous. Je prends une profonde inspiration. Un peu de sang, pas beaucoup, autour de la lame enfoncée. « *Quero terró… (terrólhos…) pra ver…* » Le petit n'a pas crié. (« *pra ver… a maldadi disá* »). Vagues d'adrénaline. Je sens la décharge que connaissent tous ceux qui tuent pour la première fois. Je ne vois pas son rictus, caractéristique des défunts. Le monde n'a qu'une frontière : de ce côté-ci, tous ceux qui ont tué quelqu'un.

(« *a maldade desá… parecer…* »)

Le chœur de femmes se met à chanter. « *O amor… será etér… no novamente* » (3 ×) et c'est la fin. Mort. Chez mon voisin, *Juízo final* recommence, ce soir Grumá est coincé sur cette chanson. Ici, le disque va continuer comme si de rien n'était. « *Quando piso em folhas sê… cas. Caídas de uma manguê-eira*[1]… » À la TV, une publicité pour de la lessive en poudre. Surtout ne pas retirer le couteau, sinon le sang va couler à gros bouillons, une cascade crémeuse le long du dos

1. « Lorsque je marche sur des feuilles sè… ches. Tombées d'un mangu… ier » – chanson *Folhas secas* (Feuilles sèches).

et de la poitrine du petit va inonder le sol, après ça va être l'enfer à nettoyer. En me baissant pour ramasser ma canne, je dois faire attention de ne pas enfoncer la lame et de ne pas lacérer son dos en deux. Sa peau toute fine s'ouvrira comme une saucisse crue, ses tripes régurgitées en bloc, deux énormes bouts de chair de chaque côté, l'un de vingt, l'autre de trente kilos et quelques. Chaque petit morceau de viscère heurtera le sol et se divisera en deux, et ces deux bouts se sous-diviseront en huit et ainsi de suite, jusqu'à ce qu'on ne puisse plus jamais nettoyer quoi que ce soit dans cette pièce. Le corps possède environ huit mètres de boyau, le Brésil possède huit mille kilomètres de côtes, mon salon fait onze mètres carrés. Chaque millimètre du plancher sera souillé d'entrailles. Je n'aurai plus un seul endroit sec où poser ma canne, je glisserai, je risquerai même de me casser le fémur, le bassin ou pire, Dieu m'en garde. Et puis surtout il y aura l'odeur des intestins. Il faudra que j'essaie de tout ramasser et de tout fourrer dans un sac plastique, puis que je lave et désinfecte, lave et lave et désinfecte et brûle les chiffons utilisés. Je ne crois pas avoir de sacs noirs à la maison ; je n'achète que des bleus. Ou j'utilise ceux du supermarché, qui sont blancs et transparents. Mais je n'aurai pas non plus la force de porter le petit cadavre dehors. Je n'ai pas de voiture, je ne peux pas appeler un taxi. Où me débarrasserai-je du corps ? Dans l'ancienne *senzala* ? Aujourd'hui, c'est un parking. Je jetterai le petit là-bas, entre deux voitures dernier cri, la jambe gauche accrochée à la portière d'une Fiat Palio 99 vert mouche. En pleine nuit. Un infirme traînant la jambe et traînant un cadavre par la jambe. Il faudra que je monte dans l'ascenseur, que je passe devant la loge du concierge, devant l'arbre que le gérant de l'immeuble veut abattre. Ce n'est pas tout près. Je devrai cohabiter avec le cadavre jusqu'à la tombée de la nuit, un petit bout de chair en équilibre face à la TV, une poignée en plastique nacré plantée dans l'épaule. Au bout de quelques heures, je vais finir par m'habituer à cette présence, et le couteau me fera penser à l'un de ces accessoires d'Halloween : un serre-tête muni d'un côté d'un manche de couteau et de l'autre d'une lame ensanglantée. Ainsi, dans la position où il se trouvait toujours, et avec la TV allumée, le petit aura l'air un peu vivant. Je me surprendrai peut-être même à lui parler.

MOI : Tu as faim ? Tu veux déjeuner ?

MOI : Tu veux mettre des documentaires ?

MOI : Tu as pris ta douche aujourd'hui ?

MOI : Tu vas à l'école demain ?

MOI : Tu as faim ? Tu veux dîner ?

Au bout de combien de temps les morts commencent-ils à sentir mauvais ?

65

RENATO : Qu'est-ce qu'il y a ?

À la TV, le rondouillard et le maigrichon construisent enfin le toit de leur cabane dans l'arbre. Le petit me regarde. Voilà un moment qu'il ne m'a pas regardé comme ça aussi longtemps et sans se retourner pour voir ce qui se passe à l'écran. Je réclame un autre câlin. Il m'en fait un. Je lui demande s'il a faim. Non. Tu vas à l'école demain ?

RENATO : Demain, c'est dimanche.

Le rondouillard tombe de l'arbre. Il fait un trou dans le sol du jardin, continue de tomber, creuse un tunnel qui traverse la planète et tombe la tête en bas, puis finit par se retrouver dans un autre ciel, *youhou*, puis se retourne et retombe, *woooooo*, sur les fesses par terre.

Il a atterri en Chine.

Et il ne sait pas parler chinois.

64

Un jour, j'ai fait un croche-pied à un chien. C'était un animal errant, qui était assis à côté de moi sur le trottoir depuis un bon bout de temps, comme si j'étais son maître. Les chiens s'attachent facilement. Je ne lui ai pas donné à manger, je ne lui ai pas caressé les oreilles ni rien. Il est resté là, à côté de moi, sur le qui-vive. Il a dû penser que j'étais un mendiant.

J'ai coincé ma béquille derrière ses pattes avant et j'ai tiré. Sans raison particulière. Par ennui, je suppose. Il a écarté les pattes et il est tombé à plat ventre, *kaï*, mais il s'est relevé tout de suite et m'a regardé, comme Renato vient de le faire. Personne ne m'a vu, mais j'ai eu terriblement honte, je m'en suis tout de suite voulu. J'ai serré le chien dans mes bras. Il n'a pas compris et s'est éloigné, me fuyant. (Tant de tendresse mal placée dans cette vie.)

MOI : Tu ne m'oublieras jamais, pas vrai ?

Il secoue la tête. Sourit. Met un doigt sur son front.

RENATO : J'ai bonne mémoire.

63

Le lendemain, je me suis réveillé et la volonté de Cosmim n'était plus de ce monde. Son corps se décomposait sur une table de l'IML, ne bougeant plus que grâce aux mains du médecin légiste, qui l'examinait, certifiait, essayait de retarder la décomposition. Odeur de formol. Par la fenêtre, j'apercevais le ciel blanc qui même de loin n'annonçait pas de pluie, rien que cette monotonie nuageuse, de la sueur sur quelque chose de sale. C'était la haine qui flottait librement, qui saturait l'air. La haine est un appendice du monde. C'est une chose à la portée de quiconque veut l'attraper, la laisser fermenter et en faire ce que bon lui semble.

(Le renflement de mon œil palpitait. J'étais fatigué. Jamais plus je n'ai bien dormi.)

Ma sœur était assise au bord de mon lit, tête baissée, attendant que je me réveille. Elle regardait ses ongles comme le font les filles : les mains écartées, paumes vers le bas, parce que regarder ses ongles avec les mains à demi fermées, le poing vers le haut, c'est un geste de garçon. Elle m'a dit bonjour, le visage tuméfié encore un peu larmoyant. Elle s'est alors fendue de son fameux sourire, le sourire de quelqu'un qui veut raconter/entendre des secrets. C'était étrange : elle souriait, mais le reste était toujours triste, seule sa bouche avait changé. Et, par-dessus son air triste, elle conservait sa moue dégoûtée acquise à la ménarche. Je n'ai vu ce sourire que deux fois : à la mort de Cosmim et à la mort de maman.

Elle voulait me dire plusieurs choses :
1. elle savait que Cosme avait été assassiné ;
2. elle savait ce que nous faisions, lui et moi ;
3. maman ne savait pas, papa non plus ;
4. elle ne le dirait à personne ;
5. elle m'aimait.

62

Lors de la veillée funèbre, le cercueil était fermé, mais un hublot permettait de voir son visage, qui n'avait pas été poignardé ni ne présentait d'écorchures. Son corps était recouvert de fleurs blanches. Sa tête était grosse et grise, un poisson-globe plein d'eau.

À l'époque, Queím comptait ≈ 9 000 habitants (au recensement de 2010, il y en avait exactement 23 567). Parmi eux, au moins deux cents ont assisté aux obsèques. Le cœur joyeux des gens, qui se rassemblent lorsque frappe la tragédie. Un peuple solidaire, le peuple brésilien. Je pense qu'il n'y avait même pas 3 % des personnes présentes qui le connaissaient, et bien moins qui étaient au courant de ce qu'il faisait avec moi. Les vieilles offusquées sont restées chez elles, avec leurs demoiselles dans leur sillage. Les demoiselles se font vieilles, c'est la vie. Ce qui, en revanche, est contre nature, c'est ce que font ces garçons, et la nature elle-même se charge de les empêcher de prospérer, tu vois bien qu'ils ne peuvent pas avoir d'enfants. S'ils en avaient la possibilité, ce serait une autre histoire. Et les demoiselles vieillissent – si elles ont eu de la chance, entourées de beaucoup d'enfants et de petits-enfants à aimer. Et voilà que de nouvelles demoiselles arrivent, pleines d'espoir de voir leur ventre gonfler. Le cœur joyeux du peuple. Dans le cimetière, les gens ont même chanté des louanges à Dieu, certains ont réclamé justice, comme on célèbre un but. Ils ont applaudi quand papa a jeté la première poignée de chaux dans la fosse. S'ils n'ont pas fait de T-shirts à l'effigie de Cosmim, c'est parce qu'on était dans les années 70 et qu'il n'y avait pas une seule photo de lui, pas plus qu'il n'y a eu de photographe pour consigner l'émotion générale.

Je n'ai pas pu porter le cercueil. J'aurais été l'un des porteurs naturels, et pendant un instant papa a oublié que je n'y arriverais pas ; il m'a même appelé, avant de se sentir gêné et de solliciter quelqu'un d'autre.

Je les ai suivis en boitant jusqu'à la fosse.

Un garçon a alors fait irruption tout au fond, se frayant un passage jusqu'au bord de la tombe, où nous nous trouvions papa et moi (maman et Joana ne sont pas venues à l'enterrement). Il s'appelait Caíque ou Caio, je ne sais pas exactement. Il était dans mon collège, une ou deux années au-dessus de moi. Un garçon à la mâchoire carrée, beau gosse, la peau cuivrée (un typique S. S. K. ♂). Les gamins des classes inférieures avaient peur de lui, à cause de son air mauvais et aussi parce qu'il était plus âgé et plus costaud. Moi je ne le connaissais pas et, avant que Cosmim ne meure, il ignorait mon existence. Mais il a fendu la foule, en s'excusant et en jouant des coudes jusqu'à moi. Il m'a alors serré dans ses bras, m'a dit tout à trac quelque chose de gentil, et il est reparti. Il n'a même pas parlé à mon père.

61

Ce qui s'est passé après Cosmim mort et enterré : rien. Un homme s'est enfui le même jour, mais la police a décidé que sa fuite avait plus à voir avec le ventre gonflé de sa femme qu'avec le ventre poignardé du garçon. C'était ce qui semblait le plus logique. Pure coïncidence, c'est ce qu'ils ont conclu. Il n'avait aucun lien avec la famille des patrons de sa femme, c'est ce qu'ils ont conclu. L'enquête est restée lettre morte. Un crime fortuit, sans mobile, impossible donc de mettre la main sur le coupable. C'est ce qu'ils ont conclu. Aucun policier n'est venu me parler. Papa n'a pas engagé de détective privé parce que personne ne le fait dans la vraie vie. Il a cru la police. Maman a cru la police, ma sœur l'a crue. Tout comme les deux cents indignés du cimetière : ils sont rentrés chez eux et ont réfléchi à comment, mon Dieu, dégoter de l'argent pour le mois suivant. Rien n'a changé, la seule chose, c'est que je n'ai plus eu le droit de sortir. Aujourd'hui, si on cherche le nom complet de Cosme sur Google, on ne trouve rien.

60

Quelques jours plus tard, je suis allé confronter papa, lui demander ce qu'il en pensait et lui dire ce dont j'étais certain. C'était délicat, parce que je ne pouvais pas tout lui raconter, mais je ne pouvais pas non plus ne rien dire. Comme ce devait être une conversation d'homme à homme, je me suis préparé pour aller lui parler : chemise à col boutonnée, pantalon, les chaussures portées pour les obsèques, coup de peigne, dents brossées. Déodorant.

Il était assis sur son grand lit, en tailleur, une assiette devant lui. Dans l'assiette, un gros fromage rond de Minas Gerais qu'il coupait avec un couteau à viande. Il en piquait des tranches du bout de sa lame et les portait à sa bouche. Ses pieds étaient gonflés comme ceux d'un vieux bébé, de la saleté était incrustée sous les ongles de ses orteils. Quand je suis entré, il m'a demandé, amusé, pourquoi j'étais tiré à quatre épingles comme ça. « Tu veux un peu de fromage ? » Non. Une odeur de chambre de malade, mais de malade atteint d'un mal sans gravité : grippe, désordre intestinal. Il dormait seul dans cette chambre depuis des mois.

Comme je n'avais pas répété ce que j'allais dire, j'ai déclaré d'une traite : « C'est le mari de Paulina qui a tué Cosme. »

Mon père a éclaté de rire. (Pourquoi ?) Tous les orifices de son corps se sont ouverts pour haharire, hahaharire. On aurait dit que j'avais sorti la blague parfaite au bon moment : pendant qu'il mangeait du fromage, pendant que tout était encore triste. Une blague d'enterrement. Il n'en attendait pas tant. L'odeur de maladie s'est intensifiée, c'était l'haleine qui sortait de tous ses orifices. Un bout de fromage mâché s'est envolé sur le drap. (Pourquoi ?) Toute ma vie, j'ai eu le sentiment que la plupart des gens savaient des choses dont je n'imaginais même pas l'existence. L'inverse, en revanche, ne fonctionnait pas aussi bien : ce que je savais et que personne d'autre ne savait, personne ne voulait vraiment le savoir. J'ai eu honte, mais mon père plus encore. Il a très vite cessé ses éclats de rire, et son visage caoutchouteux s'est altéré. Ses orteils se sont rétractés. Ses doigts boudinés ont écrasé le fromage craché sur le drap alors qu'il essayait de l'essuyer. Il a passé l'ongle dessus, pour le retirer. En vain. C'est devenu une tache. Une tache blanche sur le drap blanc.

Il a compris à ce moment-là que je lui en voudrais jusqu'à la fin de ses jours.

Il a relâché ses doigts de pied.

Il a pris une autre tranche de fromage.

Je suis sorti.

59

Restait la question Paulina, qui était toujours là, enceinte et hébétée au milieu de notre maison. De retour de l'enterrement, nous l'avons trouvée assise dans la cuisine en train de pleurer. (Notre cuisine était équipée d'une table et de chaises en formica bleu clair. Sur la table, un vase en verre bleuté en forme d'ananas. Vide.) Quand elle m'a vu, elle a écarté les bras et a essayé de parler : sa bouche s'ouvrait et se fermait, des filets de salive collés aux lèvres, mais aucun mot ne sortait. Je l'ai serrée dans mes bras. Je pleurais moi aussi. Elle a tout de suite étendu son étreinte à mon père, qui s'est abandonné sans aucune pudeur de patron. Comme papa était debout, le visage de Paulina s'est retrouvé à la hauteur de sa taille.

Elle n'a pas été congédiée ni n'a pensé à rendre son tablier. Elle était tout aussi victime que moi de la folie du mâle, en l'occurrence du même mâle. J'ai été contraint de cohabiter avec elle. Au début j'étais furieux, puis je m'y suis fait. Ils étaient vraiment tous persuadés que l'identité de l'assassin était un mystère. Au fond, c'était tout comme. Ici, aucun mystère n'a jamais été élucidé. Précisément pour cette raison.

Aujourd'hui j'éprouve de la tendresse à l'égard de Paulina. Elle est restée chez nous jusqu'au divorce de mes parents. À la fin, lorsque les faux œufs accaparaient toute l'attention de ma mère, c'est elle qui jouait son rôle. Malgré l'aspect déplorable de ses pyjamas et son manque d'hygiène les week-ends, papa mettait toujours du pain sur la table et payait les gages de Paulina, ce qui ne l'empêchait pas de le réprimander – serviette mouillée sur le lit, pain gaspillé (ça offensait Jésus), tongs retournées (risque que votre mère meure), etc. Sa liste de superstitions était longue comme le bras. Des interdictions : manger des mangues avec du lait ; rapporter à la maison des fleurs achetées à l'entrée d'un cimetière ; enfiler des vêtements à l'envers (ça ralentissait la vie) ; passer sous des échelles ; casser des miroirs ; laisser tomber du sel (signe d'une querelle dans la famille) ; rêver de Silvio Santos, la star de la TV (malheur financier) ; pointer les étoiles (cela donnait des verrues au bout du doigt) ; tuer des gendarmes (l'insecte) ; couper la queue des lézards (difficulté à avoir des enfants plus tard). En revanche on pouvait, par exemple, manger des fourmis, c'était bon pour les yeux.

« T'as déjà vu un tamandua porter des lunettes ? »

58

MOI : Tu ne vas plus jamais disparaître comme la dernière fois.

Renatinho héhérit et dit non, non. L'autre jour, je lui ai demandé si, selon lui, il manquait à Anunciação, la femme qui s'occupait de lui. Il m'a répondu de la même façon : il a héhéri et a dit non, non. Pas plus qu'à Carla, la fille qui vivait avec eux. Il a tenu à m'expliquer que ce n'était pas sa sœur. Il ne leur devait rien.

Il est coincé avec moi.

RENATO : Comment s'appellent ces lignes blanches qui flottent dans les yeux quand on les ferme ?

MOI : Je ne sais pas.

RENATO : Comme quand tu te prends un coup de poing dans l'œil.

Je ne me suis jamais pris de coup de poing dans l'œil.

57

Maman n'a pas souffert outre mesure. Aujourd'hui, quand je relis les lettres rancœureuses qu'elle m'a laissées, je me rends compte qu'elle pensait que Cosmim était prédestiné à disparaître, et qu'en tant qu'enfant de l'une des victimes de papa il allait lui-même devenir une victime de papa. C'était une loi de la vie, mon fils chéri. ♥ Si mon père ne l'avait pas amené à Queím, il serait toujours en vie, perdu à Barbacena, à accomplir sa modeste destinée (policier, veilleur de nuit, petit employé de mairie). Mais ne valait-il pas mieux vivoter que mourir pour de bon ? C'est ce qu'elle voulait dire.

Mort, Cosmim est vraiment mort pour elle.

Sa vie à elle n'a pas changé, merlot et bibelots (tiquer, astiquer, astiquer-ass, tiquer-ass) et foie aux oignons (son plat préféré). Moi, par contre, je n'ai plus eu le droit de sortir. De temps en temps, elle m'appelait de la petite pièce, pour savoir où j'étais. Je me trouvais toujours à proximité. Je n'ai jamais désobéi à maman.

Renato s'approche et m'embrasse sur la joue, la bouche entrouverte. Les muscles latéraux qui montent de mon cou aux oreilles se raidissent.

UN SOLEIL DANS LA MAISON

56

D'abord, on a l'impression qu'il s'agit de Saddam Hussein. Il est beaucoup passé à la TV, si souvent que les dealers l'ont remarqué et ont agrafé son visage sur leurs petits sachets de cocaïne : un bout de papier avec la tête du Premier ministre photocopiée en noir et blanc, le nom du point de deal en dessous et la quantité de poudre. Salto Azul, le principal point de deal de Queím, est devenu Bagdad.

Mais ce n'est pas Saddam Hussein. Ça fait combien de temps qu'il est mort, celui-là ? Presque dix ans. Mon Dieu, on dirait que c'était hier !

Dans le salon de Camilo, ce n'était pas Saddam, mais un autre mort, plus récent, qui passe à la télé. La ressemblance est frappante.

Renato scotché.

TV : ... dans la maison où des prisonniers politiques étaient torturés et assassinés...

CAMILO : Change de chaîne.

Le petit ne l'entend pas.

CAMILO : Renato !

TV : ... le colonel Paulo Malhães, le « Dr Pablo », a brisé le silence...

RENATO : Paulo Malhães a été retrouvé mort en avril 2014…

TV : … à son domicile de Nova Iguaçu, dans la Baixada Fluminense…

GRUMÁ : Combien de fois le gamin a vu ça ?

CAMILO : Il a une bonne mémoire.

GRUMÁ : Il doit être bon à l'école.

Grumá est allé dans la cuisine surveiller la cuisson du porc, qui déjà répandait des effluves citronnés dans tout l'appartement. Cette fois, c'était son réfrigérateur qui avait rendu l'âme. Et une entrecôte sans bière glacée, impossible. Il vaut mieux qu'on mange chez toi. Camilo lui a proposé sa carte de crédit pour en acheter un nouveau, mais son ami a refusé.

C'est Grumá qui s'est chargé d'acheter le porc. Ce n'était pas un cochon accidenté. En fait, sa sœur a arrêté d'élever des cochons dans sa ferme de Nova Iguaçu. Il est venu frapper à la porte avec presque tout l'animal, dépecé et emballé dans des sacs plastique blancs portant le logo rouge de la boucherie União. Il ne manquait que la tête.

Sans la tête, combien ce porc lui a-t-il coûté ? Davantage que les 48,96 R$ qu'il a gagnés grâce à l'achat de sa nouvelle gazinière.

55

Grumá avait déjà vu le petit dans le quartier. Il savait que ce n'était pas son fils, mais ignorait qui étaient ses parents. Tu as l'intention de l'élever ?

CAMILO : Je lui donne des livres à lire.

C'est bien. Passer son temps devant la TV, ça fait fondre les yeux. Personne ne veut avoir à payer de lunettes de repos à un gamin de dix ans.

Camilo a offert *Voyage au centre de la Terre* au petit et s'est acheté des magazines modernes pour jeunes mamans, parce que de nos jours on ne peut plus frapper les gosses, et qui sait comment élever un enfant : personne.

GRUMÁ : Pas même un petit coup de savate ?

Grumá a dit qu'il s'était pris de bonnes raclées, et il a ri. Des coups de galoche et de ceinture, du côté de la boucle !, pas du derrière mou. La mère de Tiziu le fouettait avec une branche de cognassier, marquant ses jambes et son dos noirs de douloureux serpentins. Le père d'Iguatemi préférait frapper les fesses et les jambes fugitives. Les fessées, c'est permis ? « Dans certaines circonstances, un coup léger... », c'est ce que disent les magazines. « Les marques physiques, comme les rougeurs et les bleus, sont signe que les parents y sont allés trop fort », mais chaque mère est souveraine et sait ce qu'elle fait, c'est ce que disent les magazines. Camilo ne va pas frapper Renato, c'est décidé. Ses parents ne l'ont jamais frappé. Et puis il n'aurait pas la force de lui tenir tête. Le petit grandit. Un simple croche-patte dans sa béquille et c'en est fini du respect.

54

Grumá était revenu comme si de rien n'était, sans donner ni présenter d'excuses pour son absence de plusieurs mois.

Il a sonné à la porte et il est entré, une bouteille de whisky (brésilien) à la main. Il venait de gagner au *jogo do bicho*, en misant sur le millier du mouton : 7126, les quatre chiffres du millier, c'est ce qu'il a dit. Il souriait. S'il n'avait pas gagné, il aurait quand même souri.

La veille, il avait rêvé qu'il s'inscrivait dans une école de formation pour majordomes, comme ceux qu'on voit dans les films. Il n'était plus tout jeune, c'était déjà un vieux singe. Il avait mis un costume et une cravate et était allé apprendre le métier de majordome. Dans son rêve, l'école se trouvait dans une église de Glória, et le professeur leur apprenait à lever le nez et à tenir un plateau, mais à la fin les élèves devenaient des prêtres, et non des majordomes. C'est comme ça qu'ils vous piègent.

Au réveil, il a consulté son *Livre des rêves*, mais il hésitait : avait-il rêvé d'églises (millier du chat : 9356), de prêtres (serpent : 0234) ou de majordomes (mouton : 7126) ? Il ne se souvenait plus si dans son rêve il était devenu prêtre ou majordome mais, comme il était certain de vouloir être majordome, il avait tout misé sur le mouton et avait remporté les quatre chiffres du millier : sept un deux six.

GRUMÁ : Tu as rêvé de quoi, toi, cette nuit ?

CAMILO : Je ne me rappelle pas.

GRUMÁ : On va fixer un jour et tu rêveras et tu me raconteras.

Aussitôt dit, aussitôt fait.

GRUMÁ : Je ramène le porc.

CAMILO : Tu sais bien que je le digère très mal.

(*Rires, d'abord de l'un, puis des deux.*)

GRUMÁ : Garde la bouteille de whisky. J'en ai une autre.

53

Onze heures du soir, le porc avalé, Renato endormi, les intestins de Camilo encore calmes. Ils débouchèrent la nouvelle bouteille de whisky et sont allés chercher le *Livre des rêves* chez le voisin. Y a d'autres bières à mettre au frigo ?

GRUMÁ : Tu as rêvé de quoi cette nuit ?

CAMILO : Il est trop tard pour jouer à cette heure-ci.

GRUMÁ : Il va falloir que tu rerêves. Moi je rêve toutes les nuits. Cette nuit, j'ai rêvé d'un œuf. D'un œuf sur un steak.

Rêver d'œufs, d'après le livre, veut dire qu'il va y avoir une grossesse dans votre famille, mais tout se passera bien. Vous devez miser sur le coq, sur le millier 0449. Rêver d'os ? Des problèmes au travail, une panne pendant un rapport sexuel : groupe du cochon, millier 2469. Vous avez rêvé de bulletin scolaire ? Jouez le chameau. De télévision ? Jouez sur le chien et préparez-vous à de longs voyages d'affaires. De steak ? Jouez sur la vache. Manger un steak en rêve signifie que vous devez faire davantage confiance à votre intuition.

Un peu plus de whisky et voilà que les émotions gagnent du terrain. Ils ont cherché ce que signifiait rêver de la mer, parce que c'était vraiment une très belle chose pour Grumá. Rêver d'une mer calme : de bonnes nouvelles venant de loin. D'une mer agitée : des problèmes à venir. Mais il faut miser sur le même animal dans les deux cas : le cheval. Voilà bien longtemps que Camilo n'avait pas vu la mer.

GRUMÁ : Je vais pisser.

À son retour, un peu plus de whisky et une autre bière et ils allèrent direct à l'entrée « Ami » du livre. « Ami » ou « Ami mort » ?

Ils ont échangé des serments. Ils s'appréciaient vraiment beaucoup, etc., putain ouais carrément. Les liens étroits entre hommes à la vessie relâchée. Une autre bière. Ils se sont promis que le lendemain ils miseraient ensemble sur l'ami. Sur l'ami mort, jamais.

Rêver d'un ami est une chose merveilleuse.
Rêver d'un ami symbolise des amitiés sincères, des personnes prêtes à aider, toujours attentives et disponibles.
Rêver d'un ami signifie aussi qu'une personne extérieure vous apportera de bonnes nouvelles très attendues.

ANIMAL = Crocodile | GROUPE = 15
DIZAINE = 59 | CENTAINE = 359 | MILLIER = 1359

Et rêver de coup de foudre ? C'est le paon ! Et d'amour interdit ? Hmm, le serpent. Et d'échantillon gratuit ? Le lapin !

Et que signifie rêver de ma mère ? La mère de Grumá lui manquait énormément.

52

À l'heure des confidences, la bouteille quasiment vide, Grumá sanglota une histoire énorme sur l'époque où il avait un camion et une femme à Saquarema. Un gros Merco bleu, de 85, vraiment puissant. Il a dû le vendre à la suite d'un démêlé avec la police de la route.

En contrepartie, Camilo a essayé de lui montrer ses cahiers. Des cahiers d'écolier, multimatières, à spirale, avec des photos de surfeurs et de voitures de course sur la couverture. Toute sa vie y était consignée. D'une belle écriture. Grumá serait peut-être le seul à les lire, Camilo voulait tout brûler avant de mourir, pour que son fils ne sache rien.

Mais ça faisait beaucoup. Grumá n'était pas un grand lecteur. Il mettrait cinq ans à en venir à bout. Il préférait que Camilo lui raconte de vive voix.

Ils allèrent dans la cuisine, c'est mieux, comme ça si le petit se réveille, on l'entendra.

51

Il lui parla de sa sœur, que Grumá ne connaissait pas parce qu'elle n'était pas reporter à la TV. De sa mère, qui collectionnait des faux œufs de Fabergé – s'il les avait gardés, il aurait pu les vendre, ce sont des objets de collection. Des employées domestiques. De son père médecin.

Il lui a raconté qu'un jour sa mère était allée dans la buanderie et avait versé une tasse de café noir sur les vêtements blancs de son mari, qui trempaient dans un seau. Son ami a ri. Il en avait vu faire de bien pires.

Et il lui a parlé de Cosmim, avec des détails que son ami, déjà trèssoûl, a su écouter avec sa tête de matelot : visage balayé par le vent, yeux plissés sur l'horizon. Un homme avec un autre homme, deux gamins, Grumá ne savait pas.

Certes, il n'avait jamais vu Camilo avec une femme. Enfin, avec un homme non plus. Mais, trèssoûl qu'il était, il s'est souvenu du type dans la *telenovela*, comment c'était déjà ? Le méchant, il était de ce genre-là... il aimait les hommes. C'était le méchant, mais ensuite il est devenu un chouette gars. Camilo sourit.

(*Pause.*)

GRUMÁ : Ça me revient, il s'appelait Sandrinho. Dans *La Prochaine Victime* !

50

Et les papiers ? Les papiers du petit. Cela ne devait pas être si simple, où est son acte de naissance ? Camilo l'ignorait, mais il irait dans un commissariat. Disparaître, c'est facile, apparaître, c'est un peu plus compliqué. Et, au fond, tandis qu'ils entendaient la carcasse du porc sifflosiller dans le four, Grumá avait du mal à en croire ses oreilles. Il avait l'habitude de faire brûler les restes de l'animal avant de les jeter.

CAMILO : Tu connais ton père ?

GRUMÁ : Non.

CAMILO : Tu as des enfants ?

GRUMÁ : Pas que je sache. (*Petits rires.*)

CAMILO : Tu sais qu'ils vont couper l'arbre là-devant ? Après-demain.

GRUMÁ : C'est pas trop tôt. J'ai participé à la collecte de fonds. Tu sais que la vieille du 701 a failli se casser le coude ? Elle a trébuché sur les racines.

CAMILO : Ce n'est pas la faute de l'arbre.

GRUMÁ : Et toi quand tu vas vieillir ?

Camilo sentait une bouffée de chaleur émaner de ses reins et monter en faisant des bulles dans son ventre, jusqu'au niveau de son cœur. Le whisky contribue à enflammer son estomac gonflé de bière glacée. Dans ses intestins la viande de porc se liquéfie et coule, prenant feu, poussée par les émanations du brasier là-haut.

Sur les rives du sphincter, de la lave.

CAMILO : Il faut que j'aille aux toilettes.

GRUMÁ : Et le parrain du petit, ce sera qui ?

49

La première chose que Camilo a apprise à son fils, c'est à manger la bouche fermée et avaler sa nourriture avant de boire son Coca-Cola. Tu aimerais avoir un chien ? Renato n'en voulait pas, il en connaissait bien trop dans la rue. Tu as été baptisé ? Comme il ne s'en souvenait pas, il a dit non. L'oncle Grumá sera ton parrain. D'accord.

Ils n'avaient pas besoin d'aller à l'église.

48

Le petit avait une mémoire prodigieuse. Il semblait retenir tout ce qui l'interpellait, il n'oubliait pas grand-chose – ou avait appris à oublier ce qui l'arrangeait : ses devoirs ou son assiette sale dans l'évier. Il était très mauvais élève, ne savait toujours pas bien lire. Le *Voyage au centre de la Terre* traînait dans sa chambre depuis des mois. Camilo a envisagé de lui acheter un ordinateur, dix mensualités de 71,55 R$ dans l'immense boutique du centre commercial. Il allait en avoir besoin pour effectuer des recherches sur Internet. Il en a parlé au petit et celui-ci a fait en sorte qu'il n'oublie pas. Dix mensualités de 71,55 R$.

Le gosse est malin, a-t-il fait remarquer à Grumá. Il a appris à dire « papa » quand Camilo lui a parlé de l'ordinateur. Il était capable de reraconter tout un film du début à la fin, avec les détails qu'on oublie tout de suite, la couleur des robes de l'héroïne dans l'ordre où elles apparaissent, le nom du berger allemand du policier. Hier il a répété tout un discours vu sur la chaîne parlementaire à propos de l'affaire de la société pétrolière. Ce n'est pas normal. En tout et pour tout, il a dû aller chez le pédiatre deux fois dans sa vie, alors impossible qu'on l'ait emmené voir un médecin de la tête. Ce genre d'aptitude est toujours accompagné d'un piège, tension artérielle élevée, AVC, cécité, pulsions étranges.

CAMILO : Quels sont les souvenirs que tu as de ton père ?
GRUMÁ : Difficile à dire, comme ça de but en blanc.
CAMILO : Lui, il se souviendra de tout.
GRUMÁ : Je me suis pris de belles raclées.

47

À la première grippe sérieuse, Camilo paniqua. D'après les magazines modernes pour mamans, « les jeunes papas exagèrent quand leur enfant tombe malade », mais là ce n'était pas pareil. Cela a commencé par une toux de phoque, qui a évolué vers un essoufflement, un sifflement dans les poumons, des démangeaisons au milieu de la poitrine qui ne s'arrêtaient pas. D'un coup, Renato était complètement enrhumé, il avait du mal à respirer, n'arrivait plus à dormir. Cela a duré des semaines. Il a appris à cracher la gelée beige de ses poumons, décorant les canalisations de l'appartement.

CAMILO : Combien de fois tu es allé chez le médecin ?

RENATO : Trois.

Il l'a emmené dans toutes les cliniques possibles et imaginables, dans tous les services de santé publique, parce qu'il n'avait pas les moyens de payer une mutuelle. Le gamin n'avait aucun papier et Camilo n'a pas eu le courage d'aller les demander à la femme qui s'occupait de lui avant. Sans compter qu'elle ne les avait peut-être pas. Aux employés de l'hôpital, il a donné l'excuse qu'il attendait des duplicatas, tout avait été perdu dans un incendie, un déménagement, lors de la dernière inondation. N'y avait-il pas une autorisation qu'il pouvait signer ? Il y en a toujours.

Médecins, remédecins, rendez-vous reprogrammés. Renato aimait bien prendre l'autobus. Viroses, remède vermifuge, sirop pour la toux. Le neurologue de l'hôpital général du Bonsucesso a dit que c'était un enfant normal, certaines personnes ont vraiment une très bonne mémoire. Vous êtes le père ? Dites à sa mère que tout va bien.

Ils veulent simplement que vous sortiez de leur cabinet. Un problème en moins avant d'aller déjeuner. Le petit a juste un gros rhume.

46

Le jour où il a retrouvé Iguatemi et où ils sont allés boire une bière, celui-ci lui avait raconté que Nœud était infirmier à l'hôpital général du Bonsucesso, mais cela faisait un bail déjà. Quand ils y sont allés, Camilo a demandé à voir Norberto, un infirmier maigrichon surnommé Nœud. Il n'y avait personne de ce nom-là, c'était certain, d'autant plus que les infirmiers hommes se comptaient sur les doigts de la main, ça se serait su.

Bon, mais de toute façon que lui aurait-il dit ?

Le petit, là, c'est mon fils ?

45

Ils sont dans la salle d'attente d'un service d'urgences à Queím. C'est dimanche. Renato tousse, se gratte la poitrine. Tellement qu'une plaie s'est ouverte comme s'il venait de subir une opération du cœur. Il s'est habitué à son nez qui coule, il ne renifle même plus. Il a une croûte de mucosité sous les narines, qui se renouvelle chaque fois qu'il passe le bras dessus. Son avant-bras porte une traînée de morve dure coincée dans les poils, ce dont le gamin semble fier.

Parmi les rares malades qui attendent, le seul que Camilo reconnaît est Tatuí, qui travaille dans la menuiserie de son père. Il s'est cassé le bras en jouant au foot. Il n'est pas accompagné, il porte encore ses crampons professionnels vert fluo et le T-shirt de son équipe : rouge avec une bande blanche diagonale, C.R.Q. – Club de régates de Queím. Il n'y a pas de club à Queím, et encore moins de régates. Mais c'est un chouette nom. Son coude gauche est enflé-violet, éléphantesque. À présent que son corps a refroidi, Tatuí pousse des gémissements rauques. Qui à présent va aider son père à la menuiserie ? L'odeur de sueur sèche rappelle à Camilo l'après-midi où Otávio a reçu un coup de ballon dans le menton et où lui-même a appris à jouir.

Il essaie de contenir une érection.

Il y a d'autres patients, une dizaine. Les murs blanc-bleu du centre de santé aussi propres qu'une publicité du gouvernement de l'État de Rio de Janeiro. L'air raréfié, décontaminé et frais. Les visages plutôt graves, mais aucun désespéré.

Camilo regarde les orteils d'un bébé noir, les doigts noir pâle des mains de la mère du bébé, l'air inquiet de celle-ci. Le bébé renifle et renâcle et gémit, il est au bord des larmes. Ses petits doigts sont enflés, ses pieds rappellent deux grappes de raisin, pleines de pépins allergiques. Camilo adresse un sourire à la mère, la salue d'un geste, tout va bien se passer, votre fils va survivre, il doit survivre, pourvu qu'il survive.

Le bébé se met à pleurer. Les autres patients semblent ne pas l'entendre, mais les terminaisons nerveuses de Camilo sont des feux d'artifice, toutes les clameurs de la vie éclatent dans son corps infirme. L'amour étrange pour l'enfant d'une autre, qui pleure, mais qui n'est pas en danger. Personne ici ne va mourir. La mère fait *shh-shh-shh*, berce son bébé, paraît gênée. Camilo pointe son petit à lui.

CAMILO : Il a la grippe.

La femme sourit, sans vouloir engager la conversation. Il sourit en retour, tandis que les visages silencieux des autres malades pressentent, au loin, les hihis de la mort.

44

Le petit s'est remis sur pied, évidemment. Hormis les quatre civilisations de vers qui fleurissent dans ses intestins, rien de bien grave. C'est incroyable qu'il ne se soit jamais plaint de la douleur, a dit le médecin. Cela devait le faire souffrir en permanence. Sa vie va changer sans cet inconfort. (Qui sait si *maintenant* il n'aura pas l'impression que quelque chose ne va pas ?) Et c'est une chance qu'aucun parasite n'ait infecté son cerveau. Vous devez l'emmener régulièrement chez le docteur. Il doit : se laver les mains, éviter de jouer dans la terre, de manger de la viande de porc mal cuite, ou plutôt de la viande porcine tout court. Par simple précaution. Éviter le contact avec des animaux errants. Bien laver la salade et les fruits qu'il mange. Les règles de base. Vous êtes veuf ?

Oui.

43

Camilo n'a jamais fêté le Carnaval. Le Queím de son enfance s'enflammait, c'étaient les seuls jours où la poussière beige devenait jaune or. Mais lui, il ne l'a jamais vu. Sa mère ne le laissait pas sortir – les *bate-bolas** étaient alors plus cruels. C'étaient de grands gaillards qui déambulaient parfois en bande, portant costume bariolé et masque de diable, et qui traînaient, attachées à une corde, des vessies de bœuf qu'ils frappaient violemment sur le sol. L'odeur de viande crue, des tissus morts et battus, d'où giclait toujours un peu de sang. Quand y en a plus, y en a encore. De nos jours, on utilise des balles en plastique, mais en ce temps-là c'était la terreur : ils effrayaient les gamins, les faisaient tomber, leur enlevaient leurs vêtements et leur jouaient de vilains tours. Camilo a grandi avec une peur bleue de ces festivités.

À l'époque où il avait sa boutique d'antiquités, il ouvrait du vendredi au mercredi des Cendres, pour voir les fêtards de Copacabana, les adolescents, les nouvelles divorcées un peu paumées, les vieux célibataires endurcis. Les couples formés au hasard venaient se cacher dans la galerie, quelques ivrognes s'asseyaient sur les bancs du couloir, un passant non averti ayant besoin de souffler un instant. Une colombine, un Captain America, un bébé poilu, une Frida Kahlo, une Super Mario, une aide-soignante.

Il leur arrivait d'entrer dans la boutique. Le désordre à l'intérieur, l'obscurité, les objets dépareillés, quelques-uns anecdotiques, l'infirme derrière le comptoir, tout cela donnait l'impression d'un autre Carnaval, plus profond, plus calme. Ils regardaient les albums photo d'éternels inconnus, les chapeaux de gens probablement morts, les radios qui ne fonctionnaient plus – ils observaient tout ça, sérieux, même les trèssoûls et les trètrèssoûls, même les hommes déguisés en sirène, avec leur démarche dégingandée de costume raté. Ils ressortaient en silence. Dans le meilleur des cas, un signe de la main en souriant.

Jamais personne n'achetait rien.

Renato est toujours allé au Carnaval, depuis qu'il est tout petit, courant seul au milieu des paillettes que les pieds à moitié déchaussés soulevaient du sol, minuscule *exu** jouant des coudes entre les *blocos**, sans presque rien comprendre. Il a toujours tenu tête aux *bate-bolas*, avec des barres en fer et des pierres s'il le fallait. Maria Aína disait que pendant le Carnaval les entités ne pouvaient pas descendre sur Terre, même si certaines franchissent la barrière. *Erês*, *exus* et autres esprits rebelles viennent s'amuser sur les chars allégoriques et danser parmi les gens.

À l'approche du mois de février, quelque chose allait s'agiter dans le sang du petit. Camilo s'y attendait. Il casserait trois verres à la maison, accidentellement-exprès, se bagarrerait davantage à l'école. S'il ne le laissait pas sortir, il menacerait de retourner où il vivait avant, chez son ex-mère. Les vêtements neufs, la chambre avec les jouets à 9,99 R$, les matins bien peignés au gel coiffant, les sois sage à l'école, bisou, seraient en péril. Les nouvelles chaînes familiales commenceraient à lui brûler les poignets.

Ce n'était encore que le début du mois de décembre, mais déjà les batucadas des *blocos* répétaient dans les rues. Le petit voulait y aller, sans savoir où exactement. Les pourquois auxquels personne ne sait répondre. Camilo a essayé de négocier le Carnaval. Tu n'aimerais pas avoir un chien ? Non, j'en connais bien trop dans la rue. C'est dangereux. Et le petit a ri. Tu n'y vas pas. Si, j'y vais. Non. Si. Tu n'aimerais pas avoir un ordinateur ?

Marché conclu. Un ordinateur en échange du Carnaval. Ils regarderaient le défilé à la TV jusque tard dans la nuit. Ils commanderaient des pizzas, du Coca-Cola. Cette année, c'est Portela ou Salgueiro qui va remporter le prix ? Tu as vu entrer Mangueira ? a demandé le petit, et il a ri.

Dix mensualités de 71,55 R$.

42

À l'époque de Camilo, la plupart des *blocos* défilaient sur le front de mer. Musiciens et danseurs portaient sur leur corps nu des guenilles en papier crépon et à la fin les premiers à entrer dans l'eau étaient les percussionnistes, toujours en formation, en rythme, noyant aussitôt leurs instruments, rangée après rangée, des *chocalhos* aux *surdos*.

Au moment où le dernier tambour s'immergeait, ils arrêtaient tous de chanter et plongeaient dans la mer. Conservant le souvenir du rythme, les corps dansaient sans musique. Les costumes se défaisaient, laissant sur la peau des taches colorées qui rappelaient de vieilles marques de fouet. Les instruments se perdaient dans les vagues, revenaient sur le sable, inutilisables, en offrande.

Camilo ne l'a jamais vu de ses propres yeux. La mer est loin.

41

Le Carnaval, c'était encore loin aussi. Avant ça, il y avait Noël, le réveillon du Nouvel An, les rétrospectives télévisées de 2014. Cela faisait des années que Camilo ne célébrait rien. Le soir de Noël, un dîner ordinaire, du foie de bœuf ou des gésiers de poulet, ce qui était le moins cher. Dans le meilleur des cas, il mettait des raisins secs dans son riz. Il lui arrivait d'acheter un panettone. Le coup de fil obligatoire de sa sœur, qui chaque année durait plus longtemps, parce que, pour se rattraper, ils égrenaient tous les deux des phrases de cartes de vœux. Le 31, il se couchait à dix heures.

Cette année, il fallait que ce soit différent. Le petit. Il convierait Grumá pour le réveillon de Noël, sauf que celui-ci aurait d'autres projets. Il irait chez sa sœur à Nova Iguaçu, mais laisserait un cadeau pour son filleul. Camilo n'a personne d'autre à inviter.

Un vrai dîner, au moins. Sur la table de la cuisine, la dinde, le jambon rôti aux clous de girofle, du riz, de la farine de manioc, un panettone aux pépites de chocolat, des fruits, de la pâte de fruits à la citrouille, de la crème au maïs blanc. Un banquet pour deux. Ni lui ni le petit n'en viendraient à bout. Au bout de trois jours à manger les restes, tout finirait à la poubelle.

Et dire qu'il y avait tant de gens qui souffraient de la faim. Il se souviendrait que sa mère avait l'habitude d'embrasser le pain rassis avant de le jeter, le pain étant la nourriture de Dieu. Mais, si c'était vraiment le cas, il ne durcirait pas du jour au lendemain.

Ils se mettraient sur leur trente-et-un. La TV resterait allumée sur la *telenovela*. Les célébrations sur l'écran leur tiendraient compagnie. Les personnages fêtent aussi Noël et le Nouvel An, comme s'ils se trouvaient dans le calendrier réel, une coïncidence qui ne cesse de fasciner le garçon. Il a encore du mal à comprendre les ficelles derrière le petit théâtre.

Camilo ne sait pas à quoi ressemblaient les Noëls de Renato, s'il recevait des cadeaux de son ex-famille, si la maison se remplissait d'invités. Il lui achètera d'autres jouets à la mercerie, un cerf-volant, une bobine de fil et de la colle spéciale, un camion en plastique, des dinosaures en caoutchouc, mais ce qui va vraiment lui plaire, au petit, c'est l'ordinateur.

À la fin de la *telenovela*, il sera peut-être plus calme, mais Camilo ne compte pas l'interroger pour en connaître la raison. Dans une autre maison, son ex-mère se demandera peut-être où il se trouve, s'il va bien. Elle sait sans doute qu'il vit maintenant avec l'infirme riche de la rue là-bas. Peut-être qu'à Noël un instinct quelconque fermentera en elle. Peut-être qu'elle voudra qu'il revienne. Peut-être parlera-t-elle à un cousin qui est policier. Peut-être fera-t-elle courir des rumeurs.

40

Étrangement, le petit ne regardait jamais par la fenêtre, pas même lorsque passaient un avion ou un hélicoptère. Il n'attendait pas son père à la fenêtre parce que Camilo ne sortait presque pas, mais au fond Camilo savait que si Renato ne l'attendait pas, c'était parce qu'il n'était pas son vrai père.

CAMILO : Tu m'aimes bien ?

RENATO : Ben ouais.

Il ne lui demandait jamais combien. Il avait peur que le petit ne réponde pas comme il avait vu d'autres enfants le faire, en écartant les bras le plus possible et en disant je t'aime jusqu'à la lune, jusqu'aux étoiles, jusqu'à la fin de l'univers.

39

Entre le 2 décembre et Noël, toute une année s'écoule. Les vacances scolaires traînent déjà en longueur, Camilo essaie de lire *Voyage au centre de la Terre* au petit, mais la TV, c'est dix fois mieux. Renato s'assoit sur toutes les chaises de l'appartement, expérimente tous les flacons d'épices à 3,99 R$ et tousse en riant. Ça, c'est de la cannelle, ça, du paprika, ça, du cumin en poudre. Il sort sans demander la permission et rapporte des bouts de bois, des tuiles cassées, des plantes arrachées à la racine, on va construire une forêt.

Camilo ne peut refuser. La rue ne mord pas. Le petit a besoin de la rue.

Quand il rentre, il s'allonge sur le canapé et plonge dans ses souvenirs, ou bien il est fatigué, ou bien il a vu la femme qui s'occupait de lui avant et elle lui manque. Il ne lui posera jamais la question.

Personne ne se souvient où commence l'amour. Les déclencheurs de la haine sont plus évidents : le moment où elle a dit que tu étais un merdeux, la pierre qu'ils ont jetée contre le restaurant casher, la bombe chez une tante à Rafah le lendemain du dîner auquel tu n'as pas été invité. Un jour, Camilo lui a demandé s'il aimait les biscuits à la crème et le petit a ri. Il a ri pendant vingt secondes et a dit oui, puis il a ri encore trente secondes. Il a ri de lui. L'a pointé du doigt. Ben quoi ? Qu'est-ce qui te fait rire ? Et il a ri de plus belle. La haine aurait pu commencer à ce moment-là, mais elle n'a pas commencé. Elle aurait pu commencer quand le gamin a hurlé qu'il n'était pas son père parce qu'il lui interdisait de sortir à huit heures du soir. Mais elle n'a pas commencé.

C'est comme ça que Camilo a compris qu'il aimait son fils.

La haine ne commence jamais quand c'est le moment.

38

Dans la matinée du 14, il s'est mis à pleuvoir. Le tambourinement a réveillé Camilo, qui n'a pourtant pas ouvert les yeux. Chaque année, c'est la même chose : à quelques jours de Noël, les averses commencent et s'arrêtent juste avant le Nouvel An. L'eau fétide, régurgitée par les caniveaux, inonde les rues et envahit les maisons. Plus tard, les reporters arrivent pour nous demander si nous avons tout perdu. Ils nous filment le visage en gros plan, croisent les doigts pour que nous pleurions. « Comment vous sentez-vous, madame ? », « Qu'est-ce que ça vous fait ? ».

Tout au long de l'année, les habitants du quartier essaient de se préparer à la pluie, construisent des murs plus hauts, des digues, creusent des canaux. En vain. Eux-mêmes n'y croient pas. À la toute fin du mois de novembre, lorsque, le soir, le vent commence à souffler plus fort, ils montent leurs meubles au deuxième étage et attendent.

L'eau qui arrive est marron, et charrie bouts de bois, cafards morts, chiens noyés, rats morts ou vivants, certains semblent courir à la surface de l'eau. L'eau emporte motos et voitures, qui se cognent contre les murs comme des béliers. Lorsqu'un mur cède, la maison s'effondre et tout le monde meurt. Camilo a de la chance, il vit en appartement.

D'après ce qu'on raconte, la situation empire d'année en année. Il commence à pleuvoir de plus en plus tôt. L'eau monte de plus en plus haut. Dans la rue de Canela, elle atteint deux mètres cinquante. Les voitures flottent. Les animaux domestiques aussi. Les fils électriques crépitent sous le choc, un vrai danger. Que Dieu protège ceux qui vivent près des ravins.

Si ça continue, il faudra monter les meubles de plus en plus haut. Qui a les moyens aujourd'hui de surélever sa maison d'un troisième étage ?

Ensuite, avant le réveillon, on nettoie la boue restée sur les murs… Le risque de leptospirose, savez-vous qu'il est causé par le pipi de rat ? Or il y a de la pisse de rat sur les murs, sur le plafond des maisons. C'est ainsi que nous vivons.

On peut en sentir l'odeur toute l'année.

37

Il arrive que le soleil fasse son apparition, mais l'eau ne descend pas et le ciel ne se dégage pas complètement. Les enfants grimpent sur le toit des autobus presque entièrement submergés. Ils crient, se bouchent le nez et plongent dans l'eau marron. Les hélicoptères de la TV filment : d'abord les habitants sur les toits, agitant des draps blancs en guise de SOS. Puis les fils électriques qui produisent des étincelles. Ensuite, les gamins qui se baignent dans l'inondation.

De retour au studio après le reportage, la présentatrice se demande : où sont les parents de ces enfants dans un moment pareil ? En studio, la présentatrice regarde la caméra avec un air de mère attristée, même si elle n'est pas maman, même si c'est un homme. Et elle poursuit : la Protection civile dit ceci ; le maire décrète cela. La suite du journal.

Camilo n'a aucune envie d'être l'objet du regard déçu de la femme de la TV. D'après ce qu'on raconte, les inondations sont une bonne chose, parce qu'elles créent des anticorps. Mais pas pour Renato. Il lui a déjà interdit, il lui interdira encore. Le petit va rire, encore haharire de lui.

36

Pour la première fois, Camilo surprend son fils à regarder par la fenêtre. En bas, la rue inondée, quelques gamins qui se baignent : plongeons tête la première, plat-ventres, bombes atomiques. Il pleut, mais le soleil menace. Ils sont prisonniers, mais ont suffisamment à manger pour deux semaines. Camilo ignore comment il va faire les courses pour le dîner de Noël. Les années précédentes, il avait toujours des gésiers de poulet dans le congélateur.

Le petit ne veut pas écouter *Voyage au centre de la Terre*, il n'a pas faim, il ne veut pas regarder la TV. Camilo ne demande plus rien.

Le soleil fait son apparition alors que Renato est toujours à la fenêtre. Le rai de lumière forme une lame jaune sur le plancher du salon, qui se superpose au contour sombre et allongé des épaules de l'enfant. Il a beau avoir bonne mémoire, c'est encore un enfant.

Cosmim est mort le dos griffé d'écorchures qui saignaient.

Une caresse sur la nuque du petit qui regarde par la fenêtre. Camilo lui demande, pour être sûr, s'il ne veut pas descendre nager. Son rire est moins fort, mais c'est toujours un rire.

RENATO : J'sais pas nager.

35

RENATO : T'as une petite amie ?

CAMILO : Non, je n'en ai pas.

RENATO : Ta petite amie, elle est morte ?

CAMILO : Non.

Il avait dit au médecin qu'il était veuf et le petit savait ce que cela signifiait.

Ils revenaient du supermarché, Camilo portant la cuisse de dinde dans la main qui ne tenait pas la canne, et son fils, quatre sacs plastiques avec le reste du dîner. Il manquait encore le jambon, que Grumá avait promis de passer prendre à la boucherie, pas besoin de payer, c'est pour moi, joyeux Noël, etc., et ainsi de suite. Il va aussi préparer de la farine de manioc, avec des bananes et du bacon.

Les rues sont jonchées de boue. Camilo a des bottes imperméables, de celles qu'utilisent les bouchers, mais il a préféré descendre en tongs, comme le petit. Il a oublié de lui acheter une paire de bottes. L'argile humide s'introduit entre les orteils, la plante des pieds glisse sur le caoutchouc des tongs, menaçant de déchirer les lanières. Attention aux éclats de verre. Tu te laveras bien les pieds à la maison, en passant le gant entre les orteils. Le petit grimace, il ne supporte pas de toucher son petit doigt de pied. Son père va peut-être mourir, il deviendra peut-être veuf à son tour. Il ne sait peut-être pas vraiment ce que signifie ce mot.

RENATO : Ta petite amie, elle est pas morte ?

CAMILO : Non.

Les habitants nettoient les trottoirs à l'aide de tuyaux et de raclettes. Ils sont contents, l'inondation a baissé la veille de Noël. Eux aussi portent des tongs.

34

Fêter Noël à deux, c'est toujours triste. Un anniversaire. Un réveillon. Peu importe que les deux personnes s'aiment, ou combien. Camilo et Renato ne s'aiment pas tant que ça, ils n'ont pas eu le temps.

Le banquet sur la table de la cuisine, éclairé par les tubes fluorescents, la blancheur d'hôpital du sol carrelé étincelant. L'arôme chaud des viandes, les produits de nettoyage. Jambon rôti et clous de girofle. Désodorisant à l'eucalyptus. Le son de la TV venant du salon, les infos avant la *telenovela*, une inondation on ne sait où, la solidarité du peuple brésilien. De temps à autre, des cris d'allégresse dans la rue. Dans chaque foyer, il y a un oncle rigolo qui fait une blague qu'ils n'arrivent pas à entendre (« Maman, j'ai quatorze ans, je peux mettre des soutiens-gorge ? — Non, João. ») Bruits de fourchette en silence. Camilo sourit, le petit sourit.

Il va avoir un ordinateur.

Le lendemain, ou dès que leur estomac commence à s'alourdir, ils sont toujours deux. Pas trois, pas le monde.

C'est triste. Regarde comment les différents pays se préparent à accueillir 2015. Le téléphone reste silencieux. Personne ne sonne à la porte.

Le mauvais vin tourne au vinaigre dans la tête de l'ex-mère de Renato, se dit Camilo. Quelque chose suppure. Un flot de vieux sang, qui vieillit d'année en année – bientôt, elle ne pourra plus avoir d'enfants. Anunciação. Chaussée de tongs en caoutchouc, les ongles vernis pour le réveillon de Noël qui vient de passer. Elle pense au petit en buvant son café noir avec les tranches de pain perdu de la veille, le sucre qui a dormi dans le réfrigérateur sur sa langue brûlante de café. Le téléphone ne sonne pas.

Carla dort encore. La famille qui est venue, une tante et un cousin, ont amené des cadeaux pour les deux enfants : des petites voitures, une toupie et deux poupées. Mais la fillette est déjà presque une jeune femme, pourquoi des poupées ? C'est bien de s'entraîner. Les filles ont des enfants très tôt de nos jours. Ils ont caché les jouets pour le garçon absent. Une petite berline en plastique bleu et une toupie en bois clair, dont la ficelle est un peu tachée. Ils n'ont rien dit, ils n'ont rien demandé. Ils sont repartis avec. Ça peut toujours servir. Il y a toujours des garçons.

La fillette l'appelle maman, Renato ne l'a jamais fait.

Ce n'est pas vraiment de la nostalgie. Ni de la fierté. Mais elle va vouloir que le petit revienne, se dit Camilo, elle est libérée du poids, mais son dos se souvient, ses bras. Le prenait-elle sur ses genoux ? Lui, il en serait incapable. Les membres s'habituent à la douleur. Ils aiment ça. Ils s'emplissent d'acide lactique et d'avenir : ils veulent plus de poids demain, et encore après. Camilo le sait, il connaît les secrets des muscles, parce que les siens sont atrophiés. Personne ne sonne à la porte.

« Les garçons sont très attachés à leur maman », c'est ce que disent les magazines qu'il a lus. Il n'y a pas de revues pour un monde sans mamans. Mais ce sont les mamans qui élèvent les enfants. Ce sont les papas qui les élèvent. « Les petites filles considèrent généralement leur père comme l'homme le plus incroyable de la Terre. »

L'ex-mère voudra récupérer son gosse. Si le téléphone sonne le jour de Noël et qu'elle le prévient qu'un officier de justice, que son cousin policier, qu'elle-même va le chercher ? Renatinho se livrera. C'est encore un enfant, tout est définitif et impuissant. Il pleurera, peut-être qu'il pleurera, pourvu qu'il pleure. Mais personne ne sonne à la porte. Le téléphone.

Le téléphone va sonner. Mais s'il sonne, ça peut être n'importe qui.

REMERCIEMENTS

Lorsque j'ai commencé *L'Amour des hommes singuliers*, j'ai sollicité publiquement mes futurs lecteurs pour m'aider à écrire un paragraphe. J'ai créé un site Internet où je leur demandais de m'indiquer le nom de leur premier amour, et, s'ils le souhaitaient, leur propre nom. Il suffisait de remplir un formulaire. La liste a été retranscrite dans le roman.

Ils ont répondu. Il est étonnant que les gens réagissent quand on les interroge sur leurs amours. Beaucoup m'ont raconté des histoires, certains sans décliner leur identité, ils m'ont simplement parlé de leurs premières amours. J'ai compris qu'ils ne tenaient pas à figurer dans le livre, ils voulaient juste que je sache. Des personnes que je ne connaissais absolument pas m'ont raconté des choses vraiment tristes ou drôles ou ordinaires.

J'ai gardé ces histoires pour moi.

À celles et ceux qui ont participé, j'adresse ici mes profonds remerciements. Grâce à ces noms, je me sens moins singulier, je me réconcilie avec la tendresse. (*Pause.*) Je ne dirais pas qu'ils sont une amulette. Disons plutôt une ancre.

Très peu de gens ont fait le choix de rester anonymes, le nom des personnes qu'ils ont aimées figure en tête de liste. Les autres noms ont été envoyés dans l'ordre où ils apparaissent dans le paragraphe. Cela ressemble à la quadrille de Drummond de Andrade[1], sauf qu'ici personne n'est exclu de l'histoire. Ou tout le monde l'est.

1. Carlos Drummond de Andrade (1902-1987) est l'un des plus grands poètes brésiliens. Le poème en question est intitulé *Quadrilha* (1930) et commence ainsi : « João aimait Teresa qui aimait Raimundo qui aimait Maria qui aimait Lili qui n'aimait personne. »

GLOSSAIRE

Aruanda	Lieu mythique, sorte de paradis spirituel en Afrique (Angola) où les esclaves noirs souhaitent retourner.
bate-bolas	Littéralement, « frappe-ballons ». Clowns macabres vêtus de façon effrayante qui, pendant le Carnaval de Rio, frappent le sol avec des ballons, aujourd'hui en plastique, autrefois en vessies de bovins.
bloco	Groupe de musiciens accompagnés de danseurs, généralement suivis par de grandes foules pendant le Carnaval.
dejú	Terme yoruba lié à l'esprit *ibeji*, le dieu des jumeaux ; ici utilisé comme terme d'affection.
erês	Esprits enfantins et joueurs du candomblé, religion afro-brésilienne.
exus	Esprits du candomblé, parfois décrits comme des démons.
filhas de santo	Littéralement, « filles de saint ». Sortes de prêtresses faisant l'intermédiaire avec les entités du candomblé.
jogo do bicho	Jeu de hasard fondé sur l'association d'animaux et de numéros, très populaire à Rio et interdit par la loi. On joue à l'unité, à la dizaine, à la centaine ou au millier, c'est-à-dire sur le dernier, ou sur les

deux, trois ou quatre derniers chiffres du numéro gagnant de la loterie fédérale. Le *jogo do bicho* est lié à un système d'oniromancie qui possède son code et ses interprètes. Les rêves indiquent au joueur l'animal qu'il doit choisir. Diverses clés des songes apprennent aux parieurs les correspondances symboliques.

macumba Terme péjoratif désignant diverses religions afro-brésiliennes.

macumbeiro Pratiquants de la macumba.

mocotó Gelée sucrée à base de ragoût de pieds de vache.

Omolu Divinité yoruba des maladies et de la mort.

orixás Dieux du candomblé d'origine totémique et familiale, chacun associé à un élément naturel (eau, forêt, feu, éclair, etc.) ; instances d'identification aux ancêtres africains et aux forces de la nature.

ossí Abréviation de Oxóssi, divinité du candomblé, ici employé comme terme d'affection.

pomba-giras Esprits féminins du candomblé, représentant la sexualité et la force de la femme.

pretos velhos Littéralement, « vieux Noirs ». Dans le candomblé, esprits des vieux esclaves, qui sont fêtés au Brésil le jour de l'abolition de l'esclavage, le 13 mai.

senzala Logement des esclaves qui travaillaient dans les fabriques de canne à sucre et les fazendas ou servaient dans la maison de leurs maîtres, appelée la *casa grande*.

terreiro Lieu de culte où sont pratiqués les rituels afro-brésiliens.

vinho verde Type de vin d'origine portugaise.

CRÉDITS

Pages 7, 21, 34, 35, 46, 48, 62, 113, 131, 189 : collection personnelle de l'auteur.

Page 95 (en haut) : Popperpoto/Getty Images.

Page 95 (en bas) : Keystone-France/Getty Images.

Page 97 : Renato Soares.

Page 122 : figure 44 du livre d'A. L. A. Himmelwright, *Pistol and Revolver Shooting*, New York, J. J. Little & Co, 1908.

Composition : Utibi.
Achevé d'imprimer par Grafica Veneta S.p.A.
à Trebaseleghe (Pd), en novembre 2024.
Dépôt légal : janvier 2025.

ISBN 978-2-207-18077-8 / Imprimé en Italie.

625440